Françoise Sagan
Adieu amour

Françoise Sagan

Adieu amour

Roman

Aus dem Französischen von
Irmelind Trempler

Ullstein

Die Deutsche Bibliothek – CIP-Einheitsaufnahme

Sagan, Françoise:
Adieu amour: Roman/Françoise Sagan.
Aus dem Franz. von Irmelind Trempler.
Berlin: Ullstein, 1998
Einheitssacht.: Le miroir égaré (dt.)
ISBN 3 550 08254 1

Die französische Originalausgabe erschien 1996
bei Plon, Paris unter dem Titel *Le miroir égaré*
Copyright © Plon 1996
© der deutschsprachigen Ausgabe 1998
Ullstein Buchverlage GmbH & Co. KG, Berlin
Satz: Satzpunkt Ewert
Digitale Medien GmbH, Berlin
Druck und Verarbeitung:
Wiener Verlag, Himberg
Printed in Austria 1998
ISBN 3 550 08254 1
Gedruckt auf alterungsbeständigem Papier
mit chlorfrei gebleichtem Zellstoff

Für meine Schwester Suzanne

1

Der Pariser Sommer gab sich in diesem Jahr ernst und fleißig und so unwirklich wie ein Sommer aus längst vergangenen Tagen: kühle und unbeständige Morgenstunden, frühe Sonnenaufgänge, lange Nachmittage, an denen es nach Land roch und die Sonne souverän und definitiv – wie auf Postkarten – über einen ägyptischblauen Himmel wanderte, der geduldig auf den Abend wartete. Dann würde er sich wieder in den pastellfarbenen, zerfransten, zweideutigen Himmel von Paris verwandeln, über den dicke, blaßrote und graue Wolken zogen wie schon tausend, zehntausend, hunderttausend Sommer zuvor. Paris war in diesem Sommer wieder zu einer Stadt geworden, an der die Zeit scheinbar spurlos vorübergegangen war: friedlich und weiß, unabhängig und verschwenderisch, mochte der Tourismus auch für manch unliebsame Überraschung sorgen. Paris zeigte sich in seiner alten Vielfalt und Pracht: Seine architektonischen Schönheiten waren Ausrufungszeichen, seine Boulevards Parenthesen, sein Laubwerk setzte Akzente und Tremas, und sein Fluß glich einem langsamen, grünen und geschmeidigen Komma, das die dahinströmenden Wasser zurückhielt. Paris, diese Stadt, die im Winter so häufig lautlos in chemischem Dunst versank, der sie der Erde und sich selbst entfremdete, der sie manchmal ihren Bewohnern, die mehr als alle anderen verliebt in sie waren, zur Feindin machte. Paris, diese Stadt, die keinen Schutz und keine Verlockung mehr bot. Paris, das seinen Rhythmus verloren hatte, Paris, das angst machte ...

Der Taxifahrer drehte den Zündschlüssel um und stellte den Motor ab, dessen melancholisches Husten sich wie bei La Traviata anhörte, bevor sie endgültig verstummt. Die Straße war menschenleer und doch von Unruhe erfüllt, denn die Sonne sprang von Scheibe zu Scheibe, vom Bar-Tabac zum gegenüberliegenden Theater, prallte von allen tragenden Flächen in dieser schmalen Straße nahe der Oper zurück. Hier thronte das Theater, ihr Theater, das demnächst wahrscheinlich François und ihr gehören würde.

Wo war François übrigens? Wieso hielt er ihr noch nicht die Türe des Taxis auf – siegesgewiß wie gestern, vorgestern und alle vorangegangenen Tage, während sie sich mit jedem Tag kaputter fühlte?

Dabei wußte sie nur zu genau, daß es um nichts weiter als ein x-beliebiges Stück in einer x-beliebigen Pariser Theatersaison ging, und es würde der soundsovielte Erfolg oder Mißerfolg sein.

Warum wagte sie sich überhaupt an eine Sache, wenn sie ihr solche angst machte und ihr das Gefühl gab, in eine Falle geraten zu sein? Sie war nie eine Draufgängerin gewesen, auch wenn manche Leute sie dafür halten mochten. Sie hatte seit jeher etwas Übertriebenes in ihrem Wesen und war dafür bekannt. Hinzu kam ihr poitevinisch-tschechisches Erbe: die hohen Backenknochen, der breite Mund und der geschmeidige Körper. Und dennoch hatte sie weder in letzter Zeit noch früher, als sie den Kopf noch voller Flausen hatte, je ihre weiblichen Reize ausgespielt, noch war das slawische Temperament, das man ihr so gern nachsagte, je mit ihr durchgegangen. François, an dem alles braun war, die Haare und die Augen, alles so braun, François, mit seiner matten Haut, seinen Händen, die trotz der Leichtigkeit, mit der sie sich bewegten, irgendwie linkisch wirkten, François war auf andere Weise exotisch.

»Was ist? Unterschreiben wir nun doch nicht?«

François hatte ihr die Wagentür geöffnet, beugte sich tief zu ihr hinunter, reichte ihr die Hand und mußte lachen, als er ihr ins ängstliche Gesicht sah.

»Wollen wir's lassen? Weißt du, sie können das Stück jederzeit selbst auf die Bühne bringen. Sie nehmen Lefranc als Liebhaber, einen »fähigen« Regisseur, und wir sind wie immer nur die bescheidenen Dramaturgen, die – vielleicht – in aller Stille am Erfolg teilhaben. Wenn dir das lieber ist, mein Herz ...«

Er lachte, obwohl ihm eigentlich nicht zum Lachen war. Solange sein »draufgängerischer« Charme mit Fürsorglichkeit einherging, ließ er sich aushalten, bekam seine Risikobereitschaft – für ihn und die, die ihm nahestanden – etwas Romantisches oder Heroisches, sein Größenwahn etwas Redliches. Dies um so mehr, als er ihr vorschlug zu verzichten.

Er würde es ihr nicht nachtragen und sich daran auch halten. Darin lag seine Stärke, seine Raffiniertheit oder seine Schläue: Er ließ ihr immer die Freiheit, seine Verrücktheiten mitzumachen oder nicht, übte nie Zwang auf sie aus und war ihr nicht böse, wenn sie ablehnte. Und was hätte sie im Laufe von zehn Jahren jemals abgelehnt? Gar nichts.

Warum also gab er sich als der vernünftige und geduldige Mann, der eine launische und reizbare Frau vor sich hatte? In Wirklichkeit hatte sie doch nur ein einziges Mal nein gesagt: Eine gräßliche Geschichte war das gewesen, bei der es um Autorenrechte gegangen war, die sie mit einer hysterischen tschechischen Witwe teilen sollte. Der Bankrott ihrer Nachfolger hatte ihr recht gegeben. Und trotzdem ... François hatte mit den Schultern gezuckt und mit seinen Freunden – die auch ihre Freunde waren –, gelacht, als er die »Affäre mit der Wölfin«, wie er diese Geschichte nannte, erzählte, wie er eine seiner eigenen Verrücktheiten erzählt haben würde. Ach, sie wußte nicht weiter ... Es kam ihr vor, als habe sie seit zehn Jahren ihm gegenüber immer recht und als sei es seit eben diesen zehn Jahren ein Unrecht, recht zu haben. Eine durchaus scheußliche Angelegenheit für jemanden wie sie, der es verabscheute, Urteile zu fällen.

Noch immer im Wagen sitzend, ergriff sie den Saum seines Jacketts, zog daran und vergrub ihr Gesicht darin, als wollte sie die Diskussion damit beenden. Auch das gab es zwischen ihnen: diese wunderbare Absurdität ihrer Verliebtheit, das Extravagante, das in der Beständigkeit ihrer Gefühle bestand und auch darin, daß sie sich ihre Verliebtheit und Treue erhalten, daß sie sich der Liebe gewissermaßen als würdig erwiesen hatten, die sie sich, wohl wissend, was sie taten, zehn Jahre zuvor gestanden hatten. Und um es noch genauer zu sagen, wohl wissend, wie die Flugbahn der Liebe oder jeder Liebesbeziehung damals in Paris bei Leuten ihres Alters und ihres sozialen Umfeldes verlief. Sie konnten von Glück sagen: Beide hatten sie eine sorglose Kindheit gehabt, waren kerngesund, liebten leidenschaftlich alles Romantische und Literarische und verabscheuten beide mehr als alles andere Grausamkeit, Unglück und Masochismus. Und sie verspürten beide eine Sehnsucht nach etwas, was mit diesem müden und ermüdenden Jahrhundert zu verschwinden schien und was doch sein Salz und sein Honig gewesen war, etwas, was sie beide stets – zugegeben ein Allerweltswort – »Glück« genannt und was ihnen stets das Wichtigste gewesen war.

»Komm«, hörte sie François' Stimme an ihrem Ohr, »sie warten auf dich.«

Er hatte sie am Ellenbogen aus dem Wagen gezogen, das Taxi bezahlt und führte sie jetzt in das Theater, in dem sie sich, als wären sie in Feindesland, flüstern hörte:

»Warum auf mich?«

»Weil sie auf die schöne, gewissenhafte, brillante Frau warten, die Sybil Delrey heißt und Übersetzerin ist, zur Zeit von Theaterstücken des osteuropäischen Raumes, davor von elisabethanischer Bühnenliteratur. Sie wird mit noch größerer Ungeduld erwartet als François Rosset, ihr alter Mitarbeiter und Geliebter.«

Während er mit normaler Stimme weitersprach, führte er sie durch die staubige Theaterhalle, über deren Teppichboden eine graue, ebenfalls völlig abgetretene Matte gebreitet war. Er stieß eine quietschende Tür auf, fand nach langem Suchen schließlich einen Lichtschalter und zog sie, wobei sie fast ins Laufen kam, hinter sich her durch einen Gang, der so düster war wie der ganze Rest »ihres« Theaters. Sie hatte in diesem Gebäude wohl mindestens dreißig Stücke gesehen, war aber noch nie bis in seine Tiefen vorgedrungen: eine gefährliche Treppe, ein zu kurzes Geländer, ein asymmetrisches Foyer, das außerdem zu groß war und das so sehr nach Schimmel roch, daß man sich nur mit Mühe eine Atmosphäre von Aufregung, Vergnügen, Angst und Nervosität vorstellen konnte, die hier aber doch einmal geherrscht hatte und an manchen Abenden immer noch herrschen mußte ... François hielt sie am Handgelenk, und das war ihr Glück, denn sie stolperte auf Schritt und Tritt. Wie ein Pfadfinder auf einer bizarren Schnitzeljagd eilte er vor ihr her durch die Gänge, vorbei an Pfeilen, die in Richtung »Garderoben«, »Verwaltung«, »Direktion« wiesen, und warnte sie, als ginge er hier täglich ein und aus, vor drei gefährlichen, weiß markierten Stufen, einem tückischen halbhohen Tritt oder einer Biegung von 90°, die auf ihrem Wege lagen. Und sie folgte ihm ...

Plötzlich aber blieb sie abrupt stehen, denn in einem großen Spiegel mit üppig geschnitztem Holzrahmen war ihr Doppelbildnis aufgetaucht, und einen Augenblick lang staunte sie über die große, schöne Frau mit blondem Haar, die hinter dem großen Mann herlief; sie offensichtlich etwas verwirrt, während er sich ungezwungen bewegte und sowohl die Örtlichkeiten als auch die Frau als sein Eigentum betrachtete. »Wirklich wie in einem Roman, dieser Spiegel«, sagte sie sich und beschloß, wie immer, wenn ihr mulmig war, an etwas anderes zu denken. Nicht an etwas völlig anderes jedoch, sondern an etwas, was mit ihrer Hauptsorge zu tun hatte, von der sie vorübergehend und unter großer geistiger Anstrengung abließ, etwa wie wenn man etwas zu Heißes aus der Hand gleiten läßt oder sich weigert, ein zu starkes Schmerz- oder Lustgefühl zu registrieren. Seit langem hatte Sybil es sich zur Gewohnheit gemacht, jeder Situation, die man als ernst zu bezeichnen pflegte oder deren Ernst sie nicht mildern konnte, so weit wie möglich aus dem Wege zu gehen.

Irgend etwas an diesem Spiegel löste in ihr die Vorstellung aus, daß sich zahllose Paare im Laufe der abenteuerlichen Karriere dieses Theaters seit fast einem Jahrhundert darin betrachtet haben mußten, sich darin gesehen und, wie sie, instinktiv versucht haben mußten, ihm auszuweichen. Sie schöpfte Atem. Vermutlich hatten sie für ihre Verfolgungsjagd durch die Unterwelt nicht mehr als drei Minuten gebraucht. Sie waren weder zu früh noch zu spät, wozu also François' Aufgeregtheit? Sie blieb stehen, befreite ihr Handgelenk und lehnte sich an die Flurwand, ihr Herzschlag beruhigte sich allmählich. Und er sah sie an, mit hängenden Armen, gelockertem Schlips und seiner ewigen Haarsträhne über dem Auge, und lächelte. Er sog die Luft ein und stieß sie pfeifend zwischen den Zähnen wieder aus. Seine glänzenden, lebhaften Augen wanderten fast herausfordernd über Sybils Gesicht, und für den Bruchteil einer Sekunde fragte sie sich, ob er sie auch nur im mindesten kannte.

»Geht's besser?« fragte er.

Sie schüttelte den Kopf, suchte nach einer Antwort und fand keine. Seit einem halben Jahr arbeiteten sie an der Übersetzung des Stücks; in dieser Zeit war der Entschluß herangereift, es selbst und nach ihren eigenen Vorstellungen, so und nicht

anders, zu inszenieren. Das bedeutete, daß sie
Geld in die Sache stecken mußten, das sie nicht
hatten, sich also leihen müßten, und materielle
und sogar moralische Risiken eingehen müßten.
Etwas ganz Neues für sie. Hinterher würden sie zu
den Gewinnern oder Verlierern, zu den Begabten
oder Möchtegernen gehören; all das konnte von
einem einzigen Abend abhängen. Sollten sie bei all
den Zufällen und Ungerechtigkeiten scheitern,
würden sie halt versuchen müssen, »wieder auf die
Beine zu kommen«. Man würde ihnen einen Mißerfolg natürlich verzeihen: Sie waren beliebt und
wurden geschätzt, von ihrer dramaturgischen Arbeit und ihren bisherigen Erfolgen hatten genug
Leute profitiert. Für einen Erfolg in Paris brauchte
man das richtige Alter. Sie hatten es. Und ihre per-
sönliche Liebesgeschichte war wie ein allerletztes
Gütesiegel, das ihnen menschliche Qualitäten be-
scheinigte. Denn im Jahre 1998 gab es nicht mehr
viele, die hätten bezeugen können, daß das Leben
zu zweit seine Gültigkeit, daß das Paar eine nennes-
werte Bedeutung hatte. Auf dieser Ebene riskier-
ten sie nichts. Ein Erfolg würde ihnen ein wenig
von der anfänglichen Leichtigkeit ihres Lebens
zurückgeben, im Falle eines Mißerfolgs hätten sie
Gelegenheit, Humor und Solidarität unter Beweis
zu stellen; selbst ihre besten Freunde könnten
ihnen diese Eigenschaften nicht absprechen.

Sybil mußte lachen; sie öffnete ihre Tasche,
kramte eine Puderdose hervor, warf sich einen kurzen, strengen Blick zu, betupfte einige glänzende

Stellen auf Wangen und Kinn und preßte dann die Lippen so fest zusammen, daß es beinahe schmerzte. Sie tat die Puderdose wieder in die Tasche, schaute nochmals in den Spiegel und fragte sich kurz, welche Beziehung wohl zwischen dem winzigen Allerweltsgesicht, diesem stummen Paßfoto, das sie gerade im Spiegel ihrer Puderdose korrigiert hatte, und dieser anderen Frau bestehen mochte, die sie dort, doppeldeutig und nicht einzuordnen, in voller Größe in dem großen, überladenen Spiegel sah. Staunend bemerkte sie auch, wie sich ein anderer in den Spiegel schob, ein Mann, den sie verdeckte oder der sich hinter ihr versteckte, ein Mann mit einer im gelblichen Licht der Flurbeleuchtung glänzenden Haarsträhne, der sich leicht über ihren Rücken beugte und seine Stirn an ihre Schulter lehnte. Daß es Kopf und Stirn von François waren, erkannte sie erst wirklich, als sie seine Haut an der ihren spürte.

Er zog sie an sich, schlang die Arme um sie und umfaßte ihre Taille, hatte aber den Kopf gehoben und betrachtete nun ebenfalls – als seien sie zwei Fremde – ihrer beider Bild in dem gierigen Spiegel. Sybil hatte vor kurzem eine knappe Woche in der Touraine verbracht und dort etwas Farbe bekommen, und ihr beigefarbenes Kostüm mit der dunkleren Bluse darunter stand ihr deshalb besonders gut zu Gesicht. Ihr blondes Haar schimmerte im Halbdunkel; aus ihrem unentschlossenen Körper heraus schien sich der des Mannes zu lösen und Gestalt anzunehmen: der

Körper eines Mannes mit rostbraunen Haaren und
Augen, schmalen, jünglingshaften Handgelenken
und daran wie Anhängsel die beiden großen
Hände, die auf Sybils zerknittertem Kostüm
lagen. Wie ein beschwipstes Paar sehen die beiden
aus, wie ein Paar aus der Zeit um 1900, schoß es
ihr durch den Kopf, und es war etwas wie Spott
dabei, ein kleines Lachen, ein Energieschub, der
sie vielleicht veranlaßt hätte weiterzugehen, wenn
nicht dieses Schummerlicht plötzlich ausgegangen wäre. Sie fanden sich im Dunklen und, was
das Besondere war, konfrontiert mit einem eigen-
artigen, verwirrenden Spiegelbild, das gewissermaßen an ihrer Netzhaut haften geblieben war.
Eine Erscheinung, die etwas Unwirkliches, auch
etwas Gruseliges hatte und von der sie nicht
wußte, was sie von ihr halten sollte. Auf François
jedenfalls hatte sie nicht die gleiche Wirkung aus-
geübt, da er sie im nächsten Augenblick zu sich
herumgedreht hatte, zwischen seine Beine
klemmte und sie mit kleinen Schritten durch die
Dunkelheit zur letzten Biegung dieses Höllen-
gangs schob, wo sich, wie ihr plötzlich einfiel,
bevor François sie hineinwarf, ein Schaukelstuhl
befand. Es war einer jener Schaukelstühle, die man
im Sommer benutzt, und hier eigentlich fehl am
Platz. Aber natürlich! Ein Stück von Oscar Wilde
war ja gespielt worden ... *Ernst sein ist alles.* Daher
der Stuhl, erinnerte sie sich, während ihr Liebster
über ihr keuchte und sie sich fallen ließ, mit fort-
gerissen und zugleich beruhigt.

17

2

Henri Berthomieux war der Typ des gealterten Theaterschönlings, der aus irgendeiner Vorkriegszeit übriggeblieben war. Mit seinem gestriegelten Haar, seinen länglich geschminkten Augen, die ihm ein zweifelhaftes Aussehen verliehen und einen Lebenswandel vortäuschten, den er nicht hatte, seinem kleinen Mund, der sich eine Spur zu deutlich über den allzu gleichmäßigen und glänzenden Zähnen abzeichnete, wirkte er nicht so sehr altmodisch, als vielmehr an Äußerlichkeiten desinteressiert. Das täuschte, denn sie beschäftigten ihn durchaus.

Seit über zwanzig Jahren firmierte er als Geschäftsführer des Theaters an der Oper, obwohl er der Eigentümer war; seit zwanzig Jahren nahm er, hinter diesem Phantom versteckt, immer wieder Stücke ins Programm, die zwar keine große Bedeutung, aber immerhin einigen Erfolg hatten, oder vermietete sein Haus an Theatertruppen aus der Provinz; mit einem Wort, seit zwanzig Jahren leitete er dieses Theater wie ein ganz gewöhnliches Unternehmen. Das hatte trotzdem nicht gereicht, denn er hatte sich nach einer Geschäftspartnerin,

Teilhaberin oder Miteigentümerin umsehen müssen; man wußte nur so viel, daß er, um es deutlicher zu sagen, die Hälfte des Theaters einer Frau hatte verkaufen müssen, die reich genug war, um sich das leisten zu können. Diese Neue war aber keineswegs zum erstenmal in Paris: vor zwanzig, dreißig Jahren war sie hier als Schauspielerin aufgetreten, in Rollen freilich, die sich den Leuten nicht gerade unauslöschlich eingeprägt hatten. Man hatte sie schlicht vergessen. Daß sie die Witwe eines schwerreichen Dortmunder Industriellen war und nun nach einem langen und einträglichen Exil nach Paris heimkehrte, war alles, was von ihr bekannt wurde. Obwohl sich niemand auch nur im geringsten an sie erinnerte, kannte jeder ihren Namen, Mouna Vogel, und Sybil und François fanden es amüsant, sie kennenzulernen.

Sie war noch nicht im Büro, als sie dort eintrafen. Berthomieux aber wartete schon. Der Raum, eher Salon als Büro, wurde von sehr kostbaren Wandleuchten erhellt, offensichtlich ein Mitbringsel dieser Frau. Nachdem sie hereingebeten worden waren, hatte Sybil erst einmal einen Blick in den Spiegel geworfen, der friedlich über dem Kamin hing, sich und ihren Gefährten prüfend betrachtet und ein weiteres Mal darüber gestaunt, welche Ruhe ein Paar ausstrahlte, das gerade noch auf dem Höhepunkt seines Glücks gewesen war, welche Ruhe dem Sturm der Leidenschaft stets folgte und daß es unmöglich war, seine Spuren auf den Gesichtern der Beteiligten auszumachen.

Berthomieux bat sie, Platz zu nehmen, und –
waren es die Örtlichkeiten oder die Umstände? –
schaffte es, sich zu seiner eigenen Karikatur zu
machen. Er übertrieb seine übliche Sprechweise,
seine Bewegungen dermaßen, daß er Sybil unter
anderen Umständen damit zum Lachen gebracht
hätte; nicht jedoch jetzt, da er sich nur an François
wandte, der aber wegsah. Sie fühlte sich in einem
allzu wohligen Schwebezustand. Geldgeschichten,
die in diesem Büro zwangsläufig zur Sprache kommen würden, lagen ihr in diesem Augenblick
allzu fern, sie war in Hochstimmung. Warum sollte sie sich nun mit geschäftlichen Modalitäten
abgeben, es genügte ihr vollauf, das Stück zufällig
in einer tschechischen Zeitschrift entdeckt zu haben. Sie hatte sich dafür begeistert und François
dazu gebracht, es genauso zu lieben wie sie, hatte
daraufhin den Autor des Stückes gesucht und kennengelernt und dann, als dieser viel zu früh starb,
es – mit François' Hilfe – so wortgetreu, wie sie
nur konnte, übersetzt. Das war das Wichtigste,
sagte sie sich und verspürte eine sentimentale Anwandlung, die sie auf dieses Stegreifstück im
Gang zurückführte, die tatsächlich jedoch vor
allem poetisch war. Das Wichtigste war das Stück
von diesem Unbekannten, der halbverlassen in
einem finsteren Sanatorium gestorben war, ein
Unbekannter, dessen Talent, dessen Humor, dessen Verzweiflung sie einem mehr oder weniger
aufmerksamen Publikum nahebringen wollte.
Zumindest wollte sie das versuchen.

»Unsere liebe Mouna bittet um Entschuldigung, sie kommt zehn Minuten später«, sagte Berthomieux und rieb sich die Hände, wobei nicht zu erkennen war, ob ihn diese Verspätung irritierte oder entzückte.

»Wir können natürlich auch ohne sie anfangen«, fuhr er fort, und ein leicht verächtlicher, nonchalanter Unterton in seiner Stimme machte deutlich, daß er von der Gewaltenteilung nicht begeistert war.

François reagierte prompt.

»Wir haben Zeit; und es wäre doch wohl nicht sehr höflich, oder? Ich hatte zwar noch nicht das Vergnügen, Madame Vogel kennenzulernen, aber wir können ebensogut mit der Besprechung beginnen, wenn sie da ist.«

»Ganz wie Sie wollen ...«, erwiderte Berthomieux mit einem nachsichtigen Lachen, dem jede Heiterkeit abging. Und Sybil wunderte sich ein weiteres Mal darüber, wie schnell man sich in Paris Freunde, aber auch Feinde machen konnte: Berthomieux war wütend, daß er auf diese Unglückselige warten mußte, die zehn Jahre im Ausland verbracht hatte, nun nach Paris zurückgekehrt war, sich mit ihrem Vermögen Einlaß verschaffte und sich hier gewiß nicht sonderlich wohl fühlen konnte. Das machte sie Sybil unwillkürlich sympathisch, die eine offenbar unausrottbare und zuweilen törichte Neigung hatte, spontan auf Menschen zuzugehen, die aus dem Gleichgewicht geraten waren. Jemand hüstelte übrigens hinter

21

der Tür, so als wagte er nicht anzuklopfen, und Berthomieux stieß einen Freudenschrei aus, als er besagte Mouna eintreten sah.

Mouna Vogel war eine jener Frauen, von denen man ab ihrem dreißigsten Geburtstag sagte, sie seien gut erhalten. Sie war zierlich und kurzsichtig, so daß ihr Verwechslungen unterliefen, wenn sie Leute miteinander bekannt machte, und sie fand kein Ende, wenn sie ihren Gästen beim Abschied für ihr Kommen dankte; eine jener Frauen, auf denen scheinbar alle herumtrampelten und über die schließlich doch immer ein Mann, meist ein allmächtiger, die schützende Hand hielt. Sie war reizvoll mit ihrem weichen Haar, ihren großen, fast mauvefarbenen Augen und ihrem übermalten und ein wenig zitternden Mund. Sybil hielt sich nicht lange bei der Perlenkette und den beiden Ringen, die sie trug, auf. Ihre Hände sahen übrigens älter aus als ihr Gesicht. Doch alles an ihr war strahlend schön, und selbst Sybil, die von Juwelen nicht viel verstand, fiel die Qualität dieser Schmuckstücke auf; jeder anderen Frau, aus welchem Milieu sie auch stammen mochte, wäre es genauso gegangen.

»Mouna, meine Liebe, das ist Sybil, deren Arbeiten dir so sehr gefallen, und das hier François, der ihr dabei hilft. Er wollte nicht ohne dich anfangen.«

Seit sechs Jahren arbeiteten François und Sybil zusammen, übersetzten und bearbeiteten Stücke, die man ihnen in Auftrag gab oder die sie sich vor-

nahmen, weil sie ihnen selbst gefielen. Letztes Jahr
jedoch hatte es über Sybil einige Reportagen in
auflagenstarken Frauenzeitschriften gegeben, etwa
zum Thema »Frauenarbeit«, die die jüngst
gemachte Entdeckung veranschaulichten, der
zufolge »frau« elegant sein und zugleich Kopf-
arbeit leisten konnte; einige Artikel dieser Art
hatten genügt, um François' Namen aus den
Zeitungen zu verdrängen.

Daß François das gleichgültig war, brachte
Sybil zur Verzweiflung, und auch jetzt setzte sie
zu einer Richtigstellung an, doch zu spät: François
beugte sich schon zu Mouna hinüber: »Ich hoffe«,
sagte er lächelnd, »daß Sie eines Tages auch meine
Arbeit schätzen werden.«

Er hatte ihre Hand genommen – man fühlte
sich förmlich in ein Theaterstück aus der Zeit der
Jahrhundertwende zurückversetzt – und sie mit
den Lippen leicht berührt. Mouna setzte ein
zufriedenes Lächeln auf, und alle folgten ihrem
Beispiel. Sie ließ sich entspannt in den Sessel gleiten, beugte den Kopf vor und schüttelte ihn, als
hätte sie zu volles Haar – was, wie Sybil feststellte, nicht der Fall war.

»Hören Sie, ich habe kaum Zeit gehabt, Ihr
Stück zu lesen, aber ich fand es hinreißend ...«,
begann Mouna mit einer Kopfstimme, die die
Anwesenden zusammenzucken ließ. In dieser
hohen Stimmlage ging es eine ganze Stunde lang
weiter. Ohne über das Stück selbst auch nur mehr
als zehn Minuten gesprochen zu haben, gingen sie

auseinander, nachdem sie sich gegenseitig ihres guten Willens und ihrer künftigen Zusammenarbeit versichert hatten.

Und vor allem wurde vereinbart, da sie nicht im entferntesten dieselbe Vorstellung von der Inszenierung und der Dramaturgie des Stückes hatten, daß das Theater an der Oper sich darauf beschränken würde, Sybil und François für die nächste Saison seine Räumlichkeiten, seine Techniker, kurz seine betriebsbereite Bühne zu vermieten – was bedeutete, daß sie mit einer halben Million Schulden an den Start gingen. Sybil empfand es als trostreich, daß es in diesem Büro eine zweite Tür gab, die sie, allerdings auf der anderen Seite, in den Eingangsbereich des Theaters entließ. Kein dunkler Gang, kein Hindernis mehr.

Als Sybil sich darüber wunderte, brach Berthomieux in schallendes Gelächter aus: »Sie sind doch nicht etwa durch den Tunnel gekommen? Durch dieses Labyrinth geht doch kein Mensch mehr!«

François, der unbeabsichtigt Verantwortliche dafür, sah sie mit hochgezogenen Augenbrauen an, und für einen Augenblick kamen ihr, nicht zum erstenmal, Zweifel an seiner Unschuld. Andererseits: Er hatte das doch nicht nötig... Andererseits: Er wollte sie beruhigen ... Andererseits: Sie selbst kannte dieses Theater nicht ... Andererseits ... Wie immer gab es nach François' Handlungen tausend »andererseits«.

3

Während jener sechzig Minuten hatten sie reihum ziemlich viele Plattheiten von sich gegeben, wobei Mouna Vogel besonders glänzte. Zur Feier ihrer Rückkehr ins mondäne Pariser Theater– und Gesellschaftsleben, gab Berthomieux in der nächsten Woche ein großes Abendessen für alle, die in der Pariser Theaterszene Rang und Namen hatten. Sie kamen auf ihre Kosten. Mouna Vogel verfügte, was höchst selten geworden war, über einen ganzen Vorrat aufrichtiger Gefühle, Gewißheiten, Überzeugungen und kindlicher Einsichten. Mit Tränen in den Augen erzählte sie ihnen, wie sehr sie unter dem Konformismus der Dortmunder Theaterlandschaft gelitten habe; ja, in Dortmund, dieser Industriestadt im Ruhrgebiet, wo ihr Mann ein Vermögen »mit so einer Kugellagerproduktion verdient hat, der arme Liebling, ich habe nie etwas davon verstanden, wie ich zugeben muß ... Übrigens legte Helmut auch keinen Wert darauf.« Sie sei sehr froh, daß sie erst später wieder dem Charme von Paris und seinem Theater erlegen sei und nicht sofort zurückgekommen war, weil sie Helmut sonst an den

Wochenenden mit seinen Fabriken hätte allein lassen müssen. Denn »man kann ja doch nicht richtig Ehefrau und zugleich Schauspielerin sein, nicht wahr?«, eine Frage, die sie zutiefst bekümmert an Berthomieux richtete, der wütend die Augenlider auf- und zuklappte, an Sybil, die vor lauter Lachlust rot anlief, und an François, der ihr erstaunlicherweise vorbehaltlos zustimmte: »Wie recht sie doch gehabt, wie menschlich sie sich gezeigt hatte!«

Sybil war peinlich berührt, wiewohl seine Ungeduld, sein kritischer Verstand, sein reizbarer Intellekt oder seine umfassende Bildung ihn schon oft zu extremen Reaktionen von einer Heftigkeit verleitet hatten, die sie dann beide bedauerten.

Immer wieder packte ihn die Wut auf dieses »Gesindel«, wie er sagte: diese Dummköpfe, Ehrgeizlinge, Ignoranten und Fatzkes, die der Zeitgeist, ein gewisser Schwund an Intelligenz und vor allem die verdummende Vormachtstellung des Fernsehens ans Ruder brachten. Sybil hätte also froh sein müssen, daß er jetzt so geduldig war, beunruhigte sie doch so viel häufiger das Gegenteil, denn François ließ sich niemals den Mund verbieten, nahm keine Rücksicht auf Erfolg oder Anerkennung. Jahrelang hatte er kein Blatt vor den Mund genommen und ihnen auf diese Weise zu einer ziemlich unsicheren Existenz verholfen; wenn sie trotzdem ein sehr angenehmes Leben führten, so hatten sie dies sehr guten Freunden zu verdanken, über die sie alle Annehmlichkeiten des

Wohllebens kennenlernten – woran beiden nicht einmal besonders viel lag.

Denn abgesehen von dem Haus am Montparnasse, das sie vor zehn Jahren gekauft hatten, fast ein Wunder damals, und das seit kurzem abbezahlt war, abgesehen von den Honoraren aus dem Ausland für ihre jeweiligen und ihre gemeinsamen Übersetzungen, abgesehen von einem verschwindend geringen Monatsentgeld, das François von einem Verlag für Lyrik bekam, der seinen Sachverstand und sein Engagement zu schätzen wußte, abgesehen auch von dem Betrag, den sie, Sybil, von einer Zeitschrift voll praktischer Tips und moralisierender Beiträge für Frauen, die nichts zu tun hatten, bezog, die im französischsprachigen Ausland hohe Auflagen erreichte und abgesehen von ihrem eigenen Verdienst, abgesehen von der Akkumulation dieser kleinen Einkommen, hatten sie keine größeren Einnahmen. Daran änderte auch die Tatsache nichts, daß Onkel Emile, ein geheimnisvoller und frauenfeindlicher Anverwandter von François, seinem einzigen Neffen von Zeit zu Zeit einen Scheck zukommen ließ und ihre wohlhabenden Freunde im Überschwang der Gefühle sich ihnen gegenüber doppelt entgegenkommend zeigten. Sie wurden überall und oft eingeladen, doch waren sie allmählich aus dem Alter heraus, in dem man sich zum Diener dieser oder jener Herren macht: eines Tages würden sie akzeptieren müssen, daß sie das Erwachsenenalter erreicht hatten, durften es nicht mehr allzu lange vergessen mit jener Unbekümmertheit, die heutzutage allgemein als gefährlich (und zudem sündhaft) angeprangert wurde.

Im Augenblick saß Sybil in Mouna Vogels Wagen, der nach Leder und Rosenholz duftete, und fuhr nach Hause. Ihre neue Bekannte hatte darauf bestanden, sie mitzunehmen, peinlich berührt, daß sie über kein eigenes Fahrzeug verfügten: »Wie machen Sie das nur!« Und mit einem drohend erhobenen behandschuhten Zeigefinger erklärte sie: »Wir unterhalten uns jetzt erst einmal von Frau zu Frau!« So war sie mit Sybil davongefahren und hatte die Männer, die beide müde aussahen, auf dem Bürgersteig stehen lassen. »Boulevard du Montparnasse!« hatte Mouna Vogel noch einmal zu ihrem Chauffeur gesagt; und dann, während sie sich wohlig in die Polster zurücksinken ließ: »Boulevard du Montparnasse, da habe ich tüchtig gefeiert, ich kann mich noch gut daran erinnern!« Und mit einem Seufzer der Befriedigung nickte sie bekräftigend mit dem Kopf, als wollte sie dem rauschenden Fest oder aber dem Leistungsvermögen ihres Gedächtnisses die Reverenz erweisen. Sie konnte offenbar nicht anders, als jedes ihrer Worte mimisch zu untermalen.

»Es kommt mir so vor, als könnte man heute gar nicht mehr richtig feiern ... Die neue Generation scheint keinen Grund mehr zu haben, sich zu amüsieren«, fuhr Mouna Vogel ernsthaft fort, »die Ärmsten! Arbeitslosigkeit! Aids! Man möchte heutzutage nicht zwanzig sein!«

»Ich schon«, gab Sybil zu; »hin und wieder wäre ich schon gern noch einmal zwanzig.«

Diese ehrliche Antwort machte Mouna für einen Augenblick sprachlos, und Sybil fuhr fort: »Um nicht den Eindruck zu erwecken, als beneide man sie, sagt man immer, man sehne sich nach seiner eigenen Jugend zurück, verachte aber die heutige. Ich finde das ein bißchen zu einfach.«

»Sie haben recht! ... Völlig recht! (Rechthaberisch war Mouna jedenfalls nicht.) Neulich meinte eine gute Freundin: Mir ist es gleich, ich fühle mich so alt wie meine Arterien! Das tat mir leid für sie. Es stimmt schon«, fuhr sie kopfnickend fort, »zu Leuten, die ... die einen kennen, die wissen, wie alt man ist, sagt man so etwas nicht.«

Sybil begann zu lachen; verflogen war der Ärger über eine steinreiche Produzentin, die sich weigerte, im letzten Augenblick noch ein paar Franc in ihr Abenteuer zu stecken. Neuerliche Kraftanstrengungen würden halt nötig sein. Sybil fand Mouna jetzt eher sympathisch. Das Leben in Paris hatte dieses Theaterpüppchen noch nicht abgestumpft.

»Schade, daß Sie nicht mit uns zusammenarbeiten wollen«, sagte sie freundlich, aber ohne rechte Überzeugung, denn sie glaubte nicht daran, daß die Vorsicht die Mutter der Großzügigkeit war. Und sie wunderte sich über die plötzliche Erregung ihrer Begleiterin.

»Wissen Sie, Sybil ... ich darf doch Sybil sagen? Mit einem oder zwei l? Wie auch immer! Wissen

Sie, Sybil, das hängt nur von Ihnen ab ... Dieser unglückliche junge Tscheche hat Ihnen seine Rechte übertragen, nicht wahr? Außer der richtigen Wahl bei Regisseur und Schauspielern gibt es auch noch einen anderen Aspekt, den ... den ... über den man sprechen könnte. Fragen Sie Berthomieux, er kann diese Dinge besser darstellen als ich (in Dortmund bin ich aus der Übung gekommen: auch im Denken). Und sprechen Sie mit François darüber. Das ist noch besser. François weiß, was ich sagen will! Doch, doch ... Die Leute wollen große Namen, meine Liebe, oder sie wollen lachen. Doch, doch, doch, fragen Sie François«, schloß sie in einem kindlichen und zutraulichen Ton, während sie Sybil kräftig auf den Handrücken klopfte, so als sei diese einer Ohnmacht nahe.

Und schon öffnete der Chauffeur den Wagenschlag. Sie waren am Ziel angelangt. Sybil stieg aus, murmelte verwirrt immer wieder »danke« in Mounas Richtung, die ihr entzückt Küßchen durch die Scheibe zuwarf, bis ihr Wagen verschwunden war.

Sybil und François wohnten etwa auf halber Höhe des Boulevard du Montparnasse. Zwischen ihrem Haus und dem Bürgersteig lag ein weiteres Gebäude. Wenn man durch den Torbogen ging, kam man zu einem kleinen, zertrampelten Rasen, auf dem, wie vom Zufall dorthin gestellt, zwei Häuser, die an Kleinstadthäuschen erinnerten, vor sich hin dämmerten, das eine unbewohnt und ver-

riegelt, unmittelbar dahinter ihr Haus. Sie hatten
es zu groß gefunden, damals, als sie sich kennengelernt und François es gemietet hatte und auch
später noch, als sie es kauften. Es bestand für sie
seinerzeit nur aus einem Zimmer um ein Bett
herum, einem einzigen Zimmer, wo sich die Liebe
aus Erwartung, Eile, Wildheit, schlechtem Gewissen und Lust zusammenaddierte, ein großes
Schlafzimmer, dessen Fensterläden ewig verschlos-
sen waren, umgeben von anderen namenlosen
Zimmern, ohne Licht und Verwendung. Und später als sie sich nach und nach voneinander gelöst
hatten, um ein gemeinsames Leben zu führen, als
sie begannen, sich wirklich zu lieben, waren die
Fensterläden geöffnet worden und hatten sich die
anderen Zimmer als nützlich erwiesen: für
Kleidung, Koffer, eine Badewanne und schließlich
eine Küche und eine Schreibmaschine. Aber selbst
wenn sie jetzt Zimmer für »die anderen« hatten,
wo man ein Kanapé aufstellen und ein Bett her-
richten konnte, war ihr Schlafzimmer von einst –
der Ausgangspunkt ihrer Geschichte, ihrer ersten
Feuersbrünste – ihr eigentliches Haus geblieben.
Und wenn sie das Wort Wohnung hörten, sah
jeder automatisch – ohne daß der andere es wußte
– im Halbdunkel das Bett von früher vor sich, sehr
niedrig und ohne Sprungfederrahmen, und auf
einem Küchenstuhl ein Bündel eilig abgelegter
Kleidungsstücke.

In diesem Zimmer, auf einem Bett aus hellem
Holz, mit Rahmen und Matratze, passend zu den

Regalen und der Kommode, streckte Sybil sich jetzt aus. Gegenüber, zu beiden Seiten der Glastür, die sich zum Rasen hin öffnete, hingen zwei in verwaschenen Farben gehaltene Landschaften eines unbekannten Malers, deren Tönung Sybils Augen noch sanfter erscheinen ließen, wie François behauptete. Ein Notarsessel, ein niedriger Tisch auf François' Seite (auf dem zwischen Stapeln von Schallplatten und Kassetten auch seine Schreibmaschine stand), und ein kleiner Klapptisch mit einer Zimmerpflanze in der Ecke vervollständigten die Einrichtung. An einer anderen Wand hingen drei halb abstrakte, halb gegenständliche Bilder; sie waren, wie die Vorhänge, in Orangetönen gehalten und verbreiteten bei Sonnenschein Licht und Wärme im Zimmer, was Sybil im Sommer sehr genoß.

Doch bevor es soweit war, hatte man den Winter überstehen müssen mit all der Mühsal, Arbeit und Angst, die ihnen dieses Stück bereitet hatte und noch bereiten würde. Der Text war so schön, in seiner Schönheit aber auch so traurig, daß sie sich nicht berechtigt glaubte, ein Jota an ihm zu ändern. Der Autor, ein junger Tscheche, der schon krank war, als sie ihm in Paris begegnete, hatte ihr schriftlich die Rechte übertragen, bevor er in bitterster Armut gestorben war. Sie fühlte sich ihm gegenüber verpflichtet und verantwortlich. Anton, so hieß er, hatte eine kleine Schwäche für sie gehabt ... Eine große , behauptete François; aber François hatte für sich beschlos-

32

sen zu glauben, daß alle Männer in sie verliebt waren – was für eine Frau tröstlich war ... und es noch mehr gewesen wäre, wenn er nicht auch geglaubt hätte, daß alle Liebesschwüre, ausgenommen die seinen, sie kalt ließen.

Im Haus herrschte ein heilloses Durcheinander. Tagsüber war Sybil unterwegs gewesen und hatte keine Zeit gehabt, François' Zerstreutheit hinterherzuräumen. Sie warf einen Blick in das große Zimmer, das so aussah, als hätte sie zehn volltrunkene Wölflinge eingeladen, woran sie sich freilich nicht erinnern konnte. Auf dem Schreibtisch lagen Papiere herum: die Übersetzung des besagten Stückes, von der allein sie beide wohl sechs Entwürfe gemacht hatten. Und in einer Ecke stand der Computer abholbereit, den sich François probeweise geliehen hatte, mit dem er aber nicht zurechtgekommen war. Sein Gehirn war nicht dazu geschaffen, sich dem einer Maschine zu unterwerfen.

Überhaupt war Unterwerfung nicht seine Sache. Sybil räumte notdürftig das Schlachtfeld auf, nahm ein Bad und ließ sich auf das große Bett aus hellem Holz fallen. Bestimmt trieb François sich allein in der Stadt herum; das war so seine Art, drängende Probleme zu lösen – und mit der problematischen Finanzierung von *Platzregen* hatte er eines. Sie streckte die Hand aus, griff nach dem Manuskript auf dem Nachttisch, das sie so oft aufgeschlagen und wieder weggelegt hatte und das auch auf François' Nachttisch lag. Und schon bald war sie wieder dem Charme von Serge, Antons Held, verfallen, ein Ungeliebter, der zu sehr liebte ...

Als François gegen zehn Uhr nach Hause kam, fand er sie schlafend auf dem Bett. Damit war klar, daß sie das Haus nicht mehr verlassen wollte, und er vermied alles, was sie hätte aufwecken können. Eine ganze Weile saß er mit offenen Augen im Dunkeln. Da er keinen Lärm machen wollte, hatte er die Fensterläden nicht ganz geschlossen, und das Licht der Laterne, das von draußen durch die Lamellen der Holzläden fiel, überzog Sybils Gesicht und Schultern mit Streifen. Er schaute sie an, betrachtete prüfend das Oval ihrer Wangen, ihren schlanken Hals, der im Licht deutlich zu sehen war, sog den Duft ihres Haares ein: Er liebte sie. Es war schon erstaunlich, daß man jemanden so lange schon, mit solcher Gewißheit, ja Innigkeit lieben konnte. Doch vielleicht war jeder dazu imstande? Vielleicht sogar diese Mouna ...? Hatte sie vorhin tatsächlich das Licht im Gang ausgemacht, als er Sybil auf den Schaukelstuhl geworfen hatte? Er hätte schwören können, daß er sie über Sybils Schulter hinweg im Hintergrund gesehen hatte ... Aber warum hätte sie anschließend das Licht wieder einschalten sollen? Jedenfalls eine merkwürdige Person, diese Mimin, die da aus Westfalen zurückgekehrt war ...

»Du hast mir gar nicht erzählt, daß die etwas überkandidelt ist«, meinte Sybil am nächsten

Morgen. Sie saß auf dem Bett und sah amüsiert zu François hinüber, der offensichtlich einen Kater hatte. Er strich sich mit der Hand über seinen Stoppelbart, gähnte in einem fort und starrte angewidert in seinen schwarzen Tee, den er immerhin selbst aufgegossen hatte. Er schwenkte ihn in der Tasse, schloß die Augen und schluckte ihn wie eine Medizin in einem Zug herunter.

»Du kanntest sie doch schon, oder nicht?«

»Nein, ich habe sie nur einmal letzte Woche mit Berthomieux gesehen ... und ich wollte, daß du dir selbst ein Bild machst. Du hast mehr Intuition als ich«, fügte er noch hinzu, und Sybil begann zu lachen.

»Du brauchst dich gar nicht zu verteidigen. Ich hatte nicht vor, eifersüchtig auf sie zu sein.«

»Warum nicht? Findest du sie zu alt?«

»Nein, aber so entrückt, so jenseits von Raum und Zeit, das Leben scheint sie so wenig anzugehen ... unsere Art zu leben, meine ich ... Sie ist so ›unglaubhaft‹.«

Er dachte eine ganze Weile nach, was Sybil überflüssig und komisch fand, und sagte dann: »Das stimmt, ja ...«

Bevor man nicht mit aller Welt im Bett gelegen hat, sagte er sich, ist man eigentlich für niemanden glaubhaft. Niemand ist glaubhaft. Außer natürlich in den Entwicklungsjahren, wenn uns das sexuelle Verlangen packt, wenn der Hunger der Pubertät uns an alles, was wir begehren, glauben läßt.

Bei diesen Worten fühlte er sich irgendwie erleichtert. Für einen Mann, der keine Frau wie Sybil hatte, die er liebte oder wenigstens begehrte, mußte das Leben zu einer Art brünstigen obszönem Traum werden ...

Diese Mouna hatte ihn doch sehr beeindruckt. Welchem Zufall hatte er es bloß zu verdanken, ihr bei einem Presseessen vorgestellt worden zu sein, und warum war Sybil ausgerechnet an jenem Tag in der Touraine gewesen? Warum ließ er sich seitdem auf diese Komödie Genre 1930 mit Berthomieux ein und auf diesen faden Flirt mit einem ausgedienten Star? (Nicht übel, diese Mouna ... Sieht gut aus, ist sehr gepflegt, immer ganz bei der Sache. Alles, was er stets verabscheut hatte, aber bei einer autoritären und so reichen Frau im Grunde doch erregend fand.)

Andererseits eine dumme Person: Nachdem sie das Stück gelesen hatte, war sie ihm doch tatsächlich mit dem Vorschlag gekommen, sich zur Hälfte daran zu beteiligen. Was war in sie gefahren? Ein Zeichen besonderer Urteilskraft war das nicht gerade: Sie hatte ja auch keine. Das hatte sie auch rundheraus zugegeben. Nein, Berthomieux hatte ihr gesagt, daß das Stück seine Schwierigkeiten haben würde. Reichlich sogar. Und wenn er wieder an seine Vermutung vom Vortag dachte: Mouna hatte sie im Korridor des Theaters im Schaukelstuhl gesehen und daraufhin unvermittelt das Licht aus- und dann wieder eingeschaltet. Und das war auch der Grund, warum sie kurz darauf mit einem so merkwürdigen Gesicht im Büro angekommen war ...

Von Berthomieux, einem der Männer, die sie am besten kannten (wie sie durchblicken ließ), wußte er jedoch, daß sie in Paris ein lockeres Leben geführt hatte. Es wäre nicht das erste Mal, daß er Sybil betrügen würde, aber er würde es zum erstenmal mit jemandem tun, der in einer Beziehung zu ihren Plänen und Zielen stand. Jedenfalls hatte Sybil bisher von seinen Liebschaften nie etwas erfahren. Allerdings war er nicht stolz darauf, und es gab auch keinen Grund dazu. Ihr fiel nicht im Traum ein, daß er sie betrügen könnte. Diese rührende Weigerung ärgerte ihn zwar, er fand sie aber doch sehr bequem. Und auch berechtigt. Denn konnte man diese ein wenig perversen, anfallartigen Versuche, der Einsamkeit zu entrinnen, Betrug nennen? Zumal er es mit ein und derselben nie öfter als zwei- oder dreimal trieb.

Und plötzlich trat ihm bei dem Gedanken an Mouna der Schweiß auf die Stirn: ihre Nähe im Korridor des Theaters, die Möglichkeit eines Aufeinandertreffens ... Seine Intuition sagte ihm, sich so schnell wie möglich aus dieser Geschichte herauszuziehen. Aber François war kein Mensch, der sich lange mit Ahnungen aufhielt; mit Schicksal oder Aberglauben hatte er nichts im Sinn. Das Leben sprang mit einem schon hart und willkürlich genug um. Man brauchte sich nicht auch noch vorzeitig die Schlinge des Opferlammes um den eigenen Hals zu legen.

4

François war spät nach Hause gekommen. Sie hatte ihn im Dunkeln leise vor sich hin singen hören und gewußt, daß er einen Kater würde ausschlafen müssen. Da lag er nun auf der anderen Seite des Bettes: Sie sah seinen mageren Nacken, die scharfe Kante seiner Kinnbacken, die bläulichen Ringe unter seinen Augen und seine Wimpern, die wie Scheibenwischer am Rand der Lider steckten, dicht, lang und parallel zu den Wangen. Sie sah seine Bartstoppeln und eine seiner langen Hände, die, an der gestern im Schaukelstuhl ein Nagel abgebrochen war und die er während der Besprechung im Theater versteckt gehalten hatte. Diese große Hand machte ihn merkwürdig alt, wie auch Mounas Hände ihr Alter verrieten. Und wie vielleicht auch ihre eigenen. Sie betrachtete ihre Hand: aber nein, sie war voll, schlank und glatt. Sybil war fünf Jahre jünger als François, und diese fünf Jahre Unterschied sah man den Händen an. Die Falten um die Nase herum waren ihnen nur um weniges voraus. Vor drei Jahren waren sie ihr erstmals in der unteren Gesichtshälfte aufgefallen, als sich eine Klammer auch um den Mund gebildet hatte, ein Zeichen, daß sie viel gelacht und geküßt, manche Träne verdrückt und sich zur einen oder anderen Freundlichkeit gezwungen hatte ... Da waren sie jetzt, diese Falten mit all der Häßlichkeit und dem Charme ihrer gemeinsamen Geschichte und ihrer eigenen Vergangenheit, im unerbittlichen Sog der Zeit – mit der Verletzlichkeit des Menschen angesichts ihres erbarmungslosen Eifers.

François wachte auf. Er öffnete die Augen, lächelte sie gedankenverloren an, schloß die Augen wieder, und unwillkürlich hörte sie sich fragen: »Und was machen wir jetzt?« Sie sah ihn klug, zärtlich, aber auch neugierig an ... als zweifelte sie! Und wenn er zu ihr sagen würde: »Wir lassen's. Wir lassen's, weil das Theater nur läuft, wenn man die Leute zum Lachen bringt. Weil die Leute zu müde, zu deprimiert sind, um sich für das seelische Auf und Ab eines unbekannten jungen Tschechen zu interessieren, mag er noch so begabt sein. Weil dieser Tscheche außerdem tot ist und nicht im Fernsehen auftreten kann, was alles nur noch schwieriger macht. Oder aber der größte Regisseur unseres Jahrhunderts müßte sich auf das Stück stürzen, es in den höchsten Tönen loben, und man müßte ihm das abnehmen ... Doch wer könnte das schon sein? Wer würde die nötige Begeisterung mitbringen? und so weiter.«

»Ich weiß nicht, warum ... aber ich hatte den Eindruck, die Sache wäre gelaufen«, sagte sie nachdenklich.

Sie versuchte, die Ursache für ihre Enttäuschung bei sich selbst zu suchen; doch sie lag bei ihm, an ihm und dem geringen und flüchtigen Interesse, das Mouna für das Stück zu haben schien, an ihren Versprechungen, mit denen sie allzu schnell bei der Hand war, als daß sie hätten aufrichtig sein können. Er hatte sich getäuscht, oder Mouna hatte ihn getäuscht, aber er ärgerte sich mehr über sich selbst als über Mouna. Jedes Kind wußte, daß man beim Theater eine Unterschrift brauchte und einen Termin.

»Wirklich zu schade«, sagte Sybil, ohne ihm seine Leichtgläubigkeit auch nur im geringsten übelzunehmen. Und da wurde er böse auf sich, wurde richtig wütend. Ja, es war jammerschade. Dieses eine Mal hätten sie das Rechtehonorar für das Stück nicht mit dem Autor, seinen Vertretern und anderen Randfiguren teilen müssen, sondern hätten es allein kassiert, hätten diese zwölf Prozent verdient, die ihnen zustanden; und wenn es ein Erfolg geworden wäre, hätten sie das Leben lockerer angehen lassen können. Schließlich hatte Sybil ein Recht darauf, nach dieser jahrelangen Schufterei, ja man mußte schon sagen Sklaverei, für diese Ausbeuter. Er tobte. Daß sie weder geldgierig noch leichtfertig war, mußte doch nicht bedeuten, daß sie bei allem immer rechnen mußte. Sie waren knapper als all ihre Freunde, und er, François, war schuld daran. Es hing letztlich von den Männern ab, wo genau ein Paar auf der gesellschaftlichen Stufenleiter stand. Das hatte er immer gewußt.

40

Denn es machte sich zwar heutzutage gut, den anständigen Intellektuellen und bewußten Verlierer zu spielen, vorausgesetzt, man konnte sicher sein, daß man überhaupt die Wahl hatte; und daß man es auch fertiggebracht hätte, einer dieser vulgären Gewinner zu sein, die dem Glück ein bißchen nachhalfen, denen das Glück, das sie zu verachten vorgaben, aber auch zur Hilfe kam. So mittelmäßig ein Erfolg auch sein mochte, man mußte ihn erst einmal haben ... Für bestimmte Texte und Regiearbeiten hätte er nicht mit seinem Namen einstehen mögen, aber er hätte doch gerne die materiellen Rechte daran für Sybil gesichert. François machte sich nie Gedanken über die Zukunft, er stellte sich nicht vor, daß er alt werden könnte; aber vielleicht machte sich Sybil darüber Gedanken. Und wenn er vor ihr sterben würde, was sollte sie dann tun, ohne ihn, ohne einen Pfennig?

Dreimal hatte sie ihre Übersetzung des *Platzregens,* ihres »Vermächtnisses«, überarbeitet: Hocherfreut war sie gewesen, als er ihr wie ein Idiot verkündet hatte, daß Mounas Theater das Stück aufführen würde! Und vielleicht hatte sie geglaubt, daß das Schicksal ihr zum erstenmal zulächelte ... Nein, gut war das Ganze nicht. Er würde diese launenhafte Mouna zur Rechenschaft ziehen, oder aber sie herumkriegen. Wäre er angezogen und ausgehbereit gewesen, hätte er seinen Hut genommen, trüge er denn je einen, und hätte sich schnurstracks zum Theater an der Oper aufgemacht. Warum fielen ihm ausgerechnet dann immer so kindische Bilder ein, wenn es um seine seriösesten Pläne ging?

Sybil war unterwegs zu ihrer Zeitungsredaktion, und er nutzte ihre Abwesenheit, um die Taschen seiner Anzüge zu durchsuchen. Er fand einen Hundertfrancschein, der ihm reichen würde, ihm aber gleich viel kümmerlicher vorkam, als er feststellte, daß er in seinem Scheckheft keinen Scheck mehr hatte! Nein! So konnte er nicht weiterleben, sagte er sich, auf Gedeih und Verderb einer Anzugtasche ausgeliefert! Er würde Mouna Vogel aufsuchen. Normalerweise hätte er die Sache nicht weiter verfolgt, jetzt aber hatte er genug. Selbst wenn es zu nichts führte, er würde diese Frau zur Rechenschaft, ja, zur Rechenschaft ziehen, eine Entschädigung für enttäuschte Hoffnungen von ihr verlangen. Mehr war wohl nicht drin, aber das war schon eine ganze Menge.

Mouna Vogel war nicht im Theater, und im Telefonbuch war sie natürlich auch nicht zu finden. Wer in Paris stand schon noch im Telefonbuch? Ein Wunder, daß sie ihm bei ihrem ersten Zusammentreffen ihre Privatnummer gegeben hatte, und ein weiteres Wunder, daß er sie sich notiert hatte. Der Nummer zufolge muß sie hier im Viertel wohnen, sagte er sich und sah auf die Uhr: Halb elf war die richtige Zeit, um eine Frau anzurufen, die sich etwas darauf einbildete, ein Pariser Theater zu leiten. Nur noch Damen der Gesellschaft schliefen bis Mittag, und Nachtschwärmerinnen. Die Leute standen immer früher auf, um immer unnützere Dinge zu tun. Das ließ ihn vor der Wählscheibe zögern. Was sollte er ihr sagen? Wie vergeblich dieser Anruf, dieses Gespräch sein würde, wurde ihm in aller Deutlichkeit klar, als die Empörung, die ihn aus Sympathie für Sybil ergriffen hatte, verflogen war. Ein paar Gläser Weißwein mit dem Wirt, die er sich am Tresen genehmigte, heiterten ihn auf.

Er hatte schon eine Verabredung mit seinem Verleger abgesagt und konnte nun nicht mehr zurück; er mußte anrufen, wenn er etwas auf sich hielt. Schließlich setzte er sich ja nicht für seine eigene Arbeit ein (er sprach kein Wort Tschechisch und hatte sich darauf beschränkt, mit Sybil zusammen einige Passagen des Stückes auf Französisch neu zu schreiben). Sybil hatte die ganze Übersetzung gemacht. Außerdem konnte man für einen anderen alles Mögliche fordern, ohne sich selbst etwas zu vergeben. Wäre es nach ihm gegangen, ein solch ernstes Thema hätte er nie in Angriff genommen: Er fand das Stück sehr schön, bewunderte es genauso wie Sybil, aber er war auf der Höhe seiner Zeit und kannte ihre Imperative. Zumindest die der letzten Jahre ...

Über einer politischen Diskussion mit einem anderen Gast in der Kneipe wurde es Mittag. Dann rief er Mouna Vogel an. Sie lachte sehr, als sie ihn erkannte.

43

»Hallo? Sie sind's? Das kann nicht sein ... Das ist doch nicht möglich, François, pardon Monsieur Rosset ...«

»Nennen Sie mich ruhig François!«

»Nur, wenn Sie Mouna sagen.«

Dieses Geplänkel war nicht gerade ein Meisterstück an Ungezwungenheit, wie er fand. Enerviert schnaufte er: »Schön, Mouna. Und warum finden Sie es so unmöglich, daß ich Sie anrufe?«

»Weil ich in eben dieser Sekunde an Sie gedacht habe! Es ist verrückt! Wissen Sie, daß man in Dortmund Zigeunerin zu mir gesagt hat?«

Einen Augenblick lang stellte sich François vor dem Hintergrund rotglühender Schlote – eine moderne Kulisse für Wagners *Rheingold* – ein Bataillon von Geschäftsleuten mit funkelnden Brillen vor, das Mouna Vogels Hexenkünste gedachte. Er schloß die Augen.

»Konnten Sie dort die Zukunft voraussehen?«

»Ich sehe nur voraus, was etwas mit meinen Wünschen zu tun hat, mein lieber François. Warum diese Vergangenheitsform?«

»Wieso? Ich denke nur im Futur.«

»Hören Sie, wir haben Besseres zu tun, als Süßholz zu raspeln«, sagte Mouna streng, als hätte sie ihn in einer ernsten Angelegenheit angerufen. »Wir müssen über dieses Stück sprechen, so schnell wie möglich, und zwar allein.«

»Sie sind ja eine richtige Hellseherin«, staunte François. »Auch ich wollte darüber sprechen.«

Er lächelte. Während er mit dieser Frau sprach,

44

hatte er das Gefühl, in einer mehr oder weniger verworrenen Komödie, die keinerlei Bezug zu seinem realen Leben hatte, eine Rolle zu spielen. Nach allem, was er mitbekommen hatte, ging von Mouna etwas ganz und gar Unwirkliches aus: Sie log sich nichts vor, spielte auch nicht Theater wie viele andere Frauen. Sie lebte in einer fiktiven Welt, was etwas anderes war.

»Hätten Sie um sechs Uhr Zeit?« fragte sie in einem vielleicht gewollt kindlichen Ton. »Ich kann Ihnen Tee und Toast anbieten und dazu eine Kostprobe Dortmunder Honig, ein Honig, den man nur dort bekommt. Sagen Sie nicht, daß sie Honig nicht mögen, Monsieur Rosset ... pardon, François. Das wäre zu traurig. Leuten, die keinen Honig mögen, traue ich nicht über den Weg.«

Und mit einem letzten, kaum hörbaren Lachen legte sie auf. Gute zehn Sekunden blieb François, den Hörer in der Hand, wie angewurzelt stehen. Schon lange hatte er zwei Menschen nicht mehr einen solchen Dialog führen hören, weder in der Stadt noch auf der Bühne. Nicht einmal im Fernsehen.

5

Das war schon zum Staunen, diese Stil-
mischung in Mounas Wohnung: Louis-XV-
Möbel mit Echtheitsstempel, schwere, warme
Stoffe und eine Ansammlung von Dingen, darunter beunruhigende Absonderlichkeiten, die offensichtlich auf die verborgene Existenz eines kleinen
Mädchens hinweisen sollten, das sich in der
Wohnung versteckt hatte: ein Porzellanhund, eine
große Puppe von 1930, eine Stola, an der kleine
Glöckchen klirrten, und einige andere Scheußlich-
keiten, die sich unter die immerhin echten Einzel-
teile mischten. Man wußte nicht, was an dieser
Ausstattung, die den Stempel der Hausherrin trug,
gewollt aus dem Rahmen fiel, genausowenig wie
man das in ihrer Rede ausmachen konnte, dachte
François. Er warf einen Blick in den großen Stand-
spiegel, der wie ein Bollwerk vor einer Türe stand,
und sah eine seriöse, wenn nicht gar elegante
Erscheinung in Sportjacke, einfarbigem Hemd,
Flanellhose, mit Strickkravatte um den Hals, ein
Spiegelbild, das er Sybil verdankte, denn sie hatte
ihm verboten, in der Stadt Jeans, Boots und
Polohemden zu tragen, da er keine fünfunddreißig

mehr sei. Sie haßte jenen Typ Mann, der sich jünger machte, als er war, behauptete sie, womit sie nun recht haben mochte oder nicht; wie dem auch sei, ein einfacher Vergleich überzeugte François von ihrer Klugheit. Seine Selbstzufriedenheit nahm zu, als Mouna in einem Hauskleid aus beigefarbenem und schwarzem Satin hereinrauschte, zu dem auch nur das kleinste Zubehör im Cowboystil an ihm lächerlich gewirkt haben würde.

François staunte über die Körpergröße seiner Gastgeberin. Sie war sehr viel kleiner, als er sie in Erinnerung hatte; erst als sie saß, bemerkte er, daß sie barfuß war.

»Schockiert Sie das?« fragte sie und zeigte ihre Füße mit den ganz in Hollywoodmanier rubinrotlackierten Fußnägeln vor. »Ich fühle mich nur richtig wohl, wenn ich die nackten Füße auf der Erde oder dem Teppichboden spüre. Es beruhigt mich, wenn meine Fußsohlen Kontakt mit dem Boden haben.«

Sie lächelte, während sie sich behaglich auf einem zu großen Sofa ausstreckte, auf dem sie eigenartigerweise gar nicht verloren wirkte. Und François erinnerte sich daran, daß sie zu einer Zeit am Theater gewesen war, als eine Schauspielerin »den Raum ausfüllen« mußte, die Bühne, und wo der Begriff »Präsenz« sowohl körperlich wie geistig gemeint war. Er hatte stets bestimmte Disziplinen und Fertigkeiten des Schauspielerberufs bewundert, bestimmte Fertigkeiten, von denen jetzt viele aus der Mode gekommen waren,

ihn aber noch immer faszinierten: Modulation der
Stimme, Körperbewegung, einen Auftritt oder
Abgang ausführen, ein Schweigen »sprechen« lassen und so fort. Aber es war abwegig, dabei an
Mouna zu denken, denn auf zu merkwürdige
Weise war ihre Erscheinung (obwohl sie sich
äußerlich ihre Jugendlichkeit bewahrt hatte) der
Zeit entrückt. Hatte sie Liebhaber? Hatte sie ihren
Industriellen geliebt? Es war das erste Mal, daß er
sich über diese Mimin, über die die Zeit hinweg-
gegangen war, Gedanken machte. Früher wußte
man über diese Frauen alles, ohne sich besonders
für sie zu interessieren, denn es wurde ständig
über sie geredet. Und François nahm sie gemein-
hin, ohne sie wirklich zu sehen, durch den doppelten Schleier ihrer Berühmtheit und Reputation
wahr.

»Ich wußte«, sagte sie ohne Überzeugung,
»daß Sie eines Tages kommen würden«, und fügte
freundlich hinzu: »Aber ich freue mich, daß es
schon so bald ist.« (Eine liebenswürdige Frau,
immerhin, dachte François. Seitdem er die Wohnung betreten hatte, fragte er sich, was er hier
machte.) »Doch sagen Sie mir erst einmal, was Sie
trinken möchten? Um sechs Uhr abends, was
trinkt man da? Wollen Sie einen deutschen Cocktail probieren? Ich kenne da einen, der ist ein
bißchen stark, aber köstlich, besteht hauptsächlich
aus Wodka. Ja? Kurt! Kurt!« rief sie einen Butler,
der sich im Flur hinter zwei für den Raum etwas
zu großen Sphinxen aus Kupfer und Gold verkro-

chen hatte, »Kurt, zwei Bismarck, bitte. Kurt ist aus Dortmund mitgekommen!« flüsterte sie. »Stellen Sie sich das mal vor. Es ist einfach wunderbar für mich. Es ist nicht leicht, aus einer Stadt wie Paris wegzugehen, aber es ist auch nicht leicht zurückzukommen, wissen Sie, Monsieur ... oh, pardon, François.«

Sie redete wie ein Wasserfall, immer gleich oberflächlich und albern, aber etwas hielt François davon ab, dies mit der ihm eigenen Gereiztheit festzustellen: ihr Alleinsein. Der Mensch war etwas anderes als das, was man auf den ersten Blick sah oder erwartete. Er war verletzlich, das war unvermeidlich, oder hatte irgendwie in seinem Wesen etwas Anrührendes. Er war jedenfalls vielschichtiger, als die Summe unserer ironischen und blasierten Blicke hergab. Da Mouna für François eine Unbekannte war, mußte er wohl oder übel auf süßliche Allgemeinplätze zurückgreifen. Wenn er sie wirklich gekannt hätte, und sei es über eine ironische Verkehrung der Wahrheit, wenn er Genaueres über ihre Vergangenheit oder ihr gegenwärtiges Leben gewußt hätte, hätte sie nicht von jener ungewissen Erleuchtung, jenem respektvollen und belustigten Interesse profitiert, das das gänzlich Unbekannte in ihm weckte. Er fragte sich, was er selbst in diesem überladenen Salon zu suchen hatte, welchen Sinn diese Verabredung haben mochte und dieser Tag, der durch eben dieses absurde Treffen aus der Wirklichkeit gefallen, der kaputt war – wie übri-

gens auch der Tag dieser Frau. Zwei Tagesläufe
also, die dank seiner Bemühungen lachhaft geworden waren.

Sie reichte ihm ein Glas, das mit einer rötlich
schimmernden, trüben Flüssigkeit gefüllt war,
einem germanischen Cocktail, der alles in einem
anderen Licht erscheinen lassen würde. Köstlich,
übrigens, wirklich köstlich, das war unbestreitbar.
Der hob die Lebensgeister, so stark und süß, stark
und süffig, wie er war. Das wäre etwas für Sybil
gewesen!

»Köstlich«, sagte er.

»Nicht wahr? Ich lasse uns noch ein Glas bringen, eins für Sie und eins für mich. Das macht es
uns leichter, über das Stück zu sprechen. Vor
Berthomieux konnte ich gestern nicht ... Ach, das
hatten Sie wohl vergessen, daß ihm das Theater
zur Hälfte gehört. Das macht die Sache schwieriger.«

Sie hatte nichts Altmodisches oder Lächerliches
mehr, ob das nun etwas mit diesem Cocktail zu
tun hatte oder aber an ihr selbst lag. Er fand sie
sogar klug und lebendig. In ihrer Stimme schwang
nicht nur Verärgerung, sondern auch eine gewisse
Herablassung und Ironie mit. Jener deutsche
Industriemagnat hätte sie wohl kaum wegen ihrer
Dummheit geheiratet und ihr auch noch sein
ganzes Vermögen vermacht. Und Berthomieux
hatte sie auch keineswegs aus Dummheit nur zum
Geschäftsführer statt zum Intendanten des
Theaters gemacht: Sie war zweifellos schlau

genug, nicht viel Aufhebens von den Machtbe-
fugnissen zu machen, über die sie verfügte, und
dieser bedauernswerte Berthomieux glaubte offensichtlich noch, er sei der Herr im Hause!

Die Wohnung lag im sechsten Stock, die unter-
gehende Sonne stand auf den Fensterscheiben, der
Himmel draußen färbte sich zartrot, es mußte
schon spät sein ... Dieser Cocktail namens Bismarck hatte einen Nachteil: Er machte durstig;
jedenfalls so durstig, daß François nicht protestierte, als ganz selbstverständlich der nächste
erschien. Er verplemperte seine Zeit, ihrer beider
Zeit, aber auf vergnügliche Weise. Schon lange
hatte der Alkohol nicht mehr diese Wirkung auf
ihn gehabt. Er fühlte sich so entspannt, so sorglos,
glaubte alles zu erraten, alles vorauszuahnen ... ein
Drink für Grünschnäbel.

Mouna zündete eine kleine Lampe an, lachte,
hatte sich verjüngt. Sie mußte sehr lustig gewesen
sein ... Ja, und sehr anziehend in ihrer provozie-
renden und ein wenig nervösen Art. Das waren
noch Frauen wie für die Männer geschaffen,
immer ganz für sie da, Frauen, wie es sie heute
nicht mehr gab.

Für einen kurzen Augenblick beschlich François
ein Gefühl der Wehmut, das aber sofort dem
Bewußtsein seiner eigenen Lächerlichkeit wich. Er
als nostalgischer Bonvivant, das war ja ganz etwas
Neues, und komisch dazu.

»Das Stück ist schön«, kam Mounas Stimme
vom Sofa herüber, »aber zu traurig. Ihr Anton ist

zu perfekt. Er tut so, als wüßte er nichts, er läßt sich alles gefallen, das hat etwas Beklemmendes. Das ist bestimmt eher slawisch, aber beklemmend. Stellen Sie sich dagegen doch mal einen Augenblick vor – aber bitte nicht ärgerlich werden – stellen Sie sich vor, daß er völlig unwissend ist, nicht weiß, was sie tut. Er spielt den Schwadroneur und den Bescheidenen, der im Dunkeln tappt ... Das wäre komisch! Können Sie sich das vorstellen?«

»Mit einem Wort, Sie ziehen Feydeau einem Cechov vor«, entfuhr es ihm in strengem Ton.

Der Gedanke hatte etwas Verblüffendes: eine gute bühnenwirksame Idee, sehr geschickt, schlau und wirkungsvoll, drei Eigenschaftswörter, die er für gewöhnlich nicht benutzte. Aber bei einem Text, der nicht aus der eigenen Feder stammte und den man in- und auswendig kannte, drängte sich diese Idee geradezu auf mit der Überzeugungskraft von Wendungen um hundertachtzig Grad. Auf diese Weise wird der Held mittelmäßig und folglich glaubhaft, sagte er sich mit einer Bitterkeit, die ihm genauso lächerlich vorkam wie vorhin seine Nostalgie hinsichtlich der Frauen. Das Ärgerliche an diesem Cocktail war, daß er die Gefühle in Wallung brachte und einem zugleich die Lächerlichkeit dieses Zustandes bewußt machte. Ebenso lächerlich wie die eigenartige Lust, die ihn plötzlich überfiel, diesem Parfüm nachzuspüren, diesem Geruch von Reispuder, den jeder kannte – obwohl er seit Jahren verschwunden war

– und der sich nun wieder bemerkbar machte und sich zwischen seinem Sessel und dem Sofa, auf dem Mouna lag, ausbreitete. Er saß auf gleicher Höhe mit ihr, aber er müßte aufstehen, zwei Schritte tun und sich sehr tief hinabbeugen, um, wie es sein immer stärker werdendes Verlangen war, diesen Geruch von Reispuder einzusaugen.

»Wissen Sie, als sie sich zum Beispiel mit ihm bei Katia verabredet und er den ganzen Abend auf sie wartet. Sie kommt. Und nun stellen Sie sich vor, er weiß nichts: Ist das nicht eine komische Šituation?«

»Nein.« (Sie lachte, und François mußte mitlachen.) »Nein«, sagte er und versuchte sich zu beherrschen, »nein, das dürfen wir nicht.«

»Und warum nicht? Wer könnte uns daran hindern?«

Er erhob sich. Alles hinderte sie daran. Er hatte kein Verlangen nach dieser Frau, er hatte Lust, sie zu beschnüffeln, wie ein junger Hund, ein alter Hund, ein erwachsener Mann, sinnierte er. Er war überrascht, wie fest sich ihre Beine anfühlten. Kaum hatte er sie berührt, seine Hand auf ihren Hals gelegt, stöhnte sie auf, als nähme er sie schon, als wartete sie schon seit Stunden darauf, als wäre diese seine Geste nicht ein Vorstoß, der unpassender und überraschender nicht hätte sein können.

Später gestand sie ihm flüsternd: Ja, sie hatte ihn gesehen, ihn, dann Sybil und ihn, ein Paar, in jenem vergessenen Spiegel im Theater, in jenem bewußten Gang ...

Als François eine Stunde später wieder auf dem Boulevard de Port-Royal stand, mußte er an Valmont aus den *Gefährlichen Liebschaften* denken, an diesen Dreckskerl, diesen erbärmlichen Dummkopf. Er hatte nur eine Entschuldigung, machte er sich klar, und das war das Ungereimte seiner Eskapade selbst: Er machte sich in einem schlecht beleuchteten Gang über seine angestammte Geliebte her, sank auf der Jagd nach dem Duft des Reispuders, den er unmöglich wiedererkennen konnte, auf das Sofa einer Frau, die älter war als er – und all das in der eigentlichen Absicht, sie vom Talent seiner Geliebten zu überzeugen. Mit einem Wort, weder hier noch bei seinen anderen Seitensprüngen, zu denen es so häufig nicht mehr kam, waren Bosheit oder Zynismus im Spiel.

Im übrigen hatten die Anstrengungen des Alltags und die Angst vor Krankheiten François wie viele Männer seines Alters und Temperaments zu größerer Treue genötigt. Eine Treue, zu der sich François' Freunde, die nicht wie er Glück in der Liebe hatten, laut und vernehmlich beglückwünschten. Schließlich war für viele Männer, die die Fünfzig überschritten hatten und deren Liebesleben keineswegs so zermürbend gewesen war, wie sie behaupteten, Aids zu einem guten Alibi geworden und die Treue zu einer Tugend, auf deren Pfaden sie unter Schmerzen wandelten, wie sie im Brustton der Überzeugung behaupteten, so als würde ihre Enthaltsamkeit jeden Tag auf eine harte Probe gestellt.

François dankte dem Himmel, daß er vor dem Krieg geboren war und zu einer Generation gehörte, die Begierden kennengelernt hatte, die einen zur Verzweiflung treiben konnten, weil es so schwierig war, sie zu befriedigen. Später war er dann zu den unendlichen Vergnügungen des leichten Lebens übergegangen, und nicht Überdruß, sondern die Angst, daß Sybil unter Umständen für seine Strohfeuer würde bezahlen müssen, hatte seine Gelüste gedämpft. Er hatte Glück gehabt: Er würde sein Liebesleben mit dem Gefühl eines erfolgreichen Jägers beenden und sein Leben insgesamt mit einer hochgeschätzten, begehrenswerten und treuen Partnerin, die er noch immer liebte.

Denn Sybil war ein Mensch, dem er vertrauen konnte: Sie war verläßlich, und er war sich ihrer Liebe sicher. Er hatte sie kennengelernt, ganz wie es sich gehörte: ziemlich spät in seinem Leben und vor nicht allzu langer Zeit. Deshalb empfand er Sicherheit und Beständigkeit nicht als Bedrohung oder verkappte Langeweile – was einige Jahre zuvor durchaus hätte der Fall sein können. Es hatte für François eine Zeit gegeben, da gefiel er den Frauen sehr, so sehr jedenfalls, daß er zwei oder drei Jahre lang den Don Juan spielen konnte, Jahre, die ihm jetzt als die lächerlichsten und vulgärsten seines Lebens erschienen. Vielleicht war das der Grund, warum er diesem Valmont, den Laclos beschrieb und mit dem er sich nach seiner Begegnung mit Mouna sarkastisch und unschmeichelhaft identifizierte, so böse war. Dieser Seitensprung kam ihm wie ein Rückfall in die Pubertät vor, die im Gegensatz zu dem, was die bürgerlichen Familien darüber sagten, keinen Anfang, kein Ende und keine voraussehbaren chronologischen Grenzen kannte.

François dankte dem Himmel, daß er vor dem
Krieg geboren war und zu einer Generation gehörte, die Begierden kennengelernt hatte, die einen
zur Verzweiflung treiben konnten, weil es so
schwierig war, sie zu befriedigen. Später war er
dann zu den unendlichen Vergnügungen des
leichten Lebens übergegangen, und nicht Überdruß, sondern die Angst, daß Sybil unter Umständen für seine Strohfeuer würde bezahlen müssen, hatte seine Gelüste gedämpft. Er hatte Glück
gehabt: Er würde sein Liebesleben mit dem Gefühl eines erfolgreichen Jägers beenden und sein
Leben insgesamt mit einer hochgeschätzten, begehrenswerten und treuen Partnerin, die er noch
immer liebte.

Denn Sybil war ein Mensch, dem er vertrauen
konnte: Sie war verläßlich, und er war sich ihrer
Liebe sicher. Er hatte sie kennengelernt, ganz wie
es sich gehörte: ziemlich spät in seinem Leben und
vor nicht allzu langer Zeit. Deshalb empfand er
Sicherheit und Beständigkeit nicht als Bedrohung
oder verkappte Langeweile – was einige Jahre zuvor durchaus hätte der Fall sein können. Es hatte
für François eine Zeit gegeben, da gefiel er den
Frauen sehr, so sehr jedenfalls, daß er zwei oder drei
Jahre lang den Don Juan spielen konnte, Jahre, die
ihm jetzt als die lächerlichsten und vulgärsten seines Lebens erschienen. Vielleicht war das der
Grund, warum er diesem Valmont, den Laclos
beschrieb und mit dem er sich nach seiner Begegnung mit Mouna sarkastisch und unschmeichel-

55

haft identifizierte, so böse war. Dieser Seitensprung kam ihm wie ein Rückfall in die Pubertät
vor, die im Gegensatz zu dem, was die bürgerlichen Familien darüber sagten, keinen Anfang,
kein Ende und keine voraussehbaren chronologischen Grenzen kannte.

6

Kleinlaut ging François nach Hause, staunte einmal mehr, als er an dem winzigen Rasenstück vorbeikam, daß es mitten in Paris nach Gras roch, und schloß die Türe auf. Sogleich hörte er Jazzklänge, eine alte Aufnahme von Duke Ellington, Sybils Lieblingsmusik im Augenblick. Und fast gleichzeitig flog ihm ein strahlendes, nach Parfüm duftendes Bündel, Sybil höchstpersönlich, an den Hals. Sie schmiegte sich an ihn, sie sah glücklich, *noch* glücklich aus? Für einen Augenblick befiel ihn Angst. Doch wovor? Sie lachte, er küßte ihre frischen Wangen (sie war fast genauso groß wie er, aber jünger und sah noch jünger aus). Sie hatte all die Trümpfe, die die Frau, mit der er aus Versehen und einem perversen Verlangen folgend geschlafen hatte, nicht besaß. Er haßte sich dafür. Doch angesichts des strahlenden Lächelns seiner einzigen Liebe lächelte auch er.

»Stell dir vor«, sagte sie, »Hérouville, dieser Trottel, hat mir gerade die Pariser Chronik in der Zeitschrift für französischsprechende Länder übertragen. Zwei Seiten pro Monat und zehntausend Franc pro Seite! Genau, was wir brauchen, um wieder auf die Beine zu kommen. Was sagst du dazu?«

»Großartig«, antwortete er, »großartig. Du bist ein As, und ich werde langsam zum Gigolo, wenn ich ...«

Es stimmte. Genaugenommen verdiente sie augenblicklich mit Sicherheit mehr als er. Daß es umgekehrt war, als sie sich kennenlernten, daß er damals einen Kredit aufgenommen hatte, um das Haus auf dem Boulevard du Montparnasse zu kaufen, stimmte auch. Und auch, daß er ihr das Haus, in das er die geringe Erbschaft seiner Mutter gesteckt hatte, sofort und für immer überschrieben hatte – was sie erst drei Jahre später erfuhr, aber da wohnte er halt bei ihr, und sie hatte nichts mehr daran ändern können. Zugleich hatte sie von Zeit zu Zeit das Gefühl, als hätte er sie dadurch endgültig an sich und dieses Haus gebunden, nein, gefesselt – so als kennte er sie gut genug, um zu wissen, daß sie ihn nie vor die Tür setzen würde; und daß sie sich, sollte sie ihn verlassen, ihrerseits verpflichtet fühlen würde, auszuziehen und alles aufzugeben. Immerhin war er dieses Risiko eingegangen, ohne überhaupt anderes von ihr zu kennen als ihre Sinnlichkeit, und selbst, wenn dies in ihren Augen kein Risiko darstellte, hätte es das für jeden x-beliebigen anderen Mann doch sein können – einen, der weniger romantisch und ein wenig praktischer veranlagt gewesen wäre als François.

Hatte sie ihn übrigens in den zehn Jahren jemals dabei ertappt, daß er etwas Gemeines getan, gesagt oder gedacht hätte? Nein. Da konnte sie suchen, soviel sie wollte. Doch suchte sie denn überhaupt? Wie sagte doch ihre beste Freundin Nancy immer wieder? »Nein«, sagte Nancy, die François im übrigen gern mochte, »nein, man sucht nie wirklich. Entweder hat man schon gefunden, dann lohnt es sich nicht mehr, oder aber man sucht gar nicht erst.« Manchmal grenzte Nancys Logik an gesunden Menschenverstand; das war das einzige, was Sybil ihr vorzuwerfen hatte.

Währenddessen lag François, der Unvorsichtige, von dem hier die Rede ist, auf seinem Bett; er hatte die Augen halb geschlossen, ein anerkennendes Lächeln umspielte noch seinen Mund. Mit unbestimmten, aber freundlichen Blicken verfolgte er Sybils Wanderungen durchs Zimmer: Sie ging von der Eingangstür zur Fenstertür, öffnete sie einen Spalt, ging weiter zum Schrank, öffnete ihn, fingerte an einigen Pullovern herum oder rückte einige Bügel zurecht, machte einen Schwenk um 45 Grad Richtung Bett zu der Seite, wo François lag, beugte sich über ihn und gab ihm einen zärtlichen, aber eiligen Kuß auf Schläfe oder Mundwinkel, ging weiter zum Tisch, las zum zehntenmal ein paar unwichtige Briefe, ging zur Tür zurück, weiter zur Fenstertür, die sie schloß, bevor sie sich wieder zum Schrank wendete.

Und während sie unentwegt umherwanderte, breitete sie alle Ereignisse und angenehmen Wechselfälle aus ihrem Leben vor ihm aus. War die Geschichte traurig oder ging sie schlecht aus, blieb sie bei François stehen, hielt sich den angewinkelten Ellenbogen vors Gesicht, um dahinter die Tränen zu verbergen, die sie nicht weinen wollte, rührte sich nicht mehr vom Fleck, sprach weiter wie versteinert.

François war ganz anders. Er überraschte sie gern: jede Neuigkeit, mit Ausnahme der traurigen, schleuderte er ihr unvermittelt entgegen, im Restaurant oder im Taxi, manchmal auch erst, nachdem sie bereits seit einer Stunde wieder zusammen waren, so als hätte er inzwischen vergessen, daß er ihr noch etwas sagen wollte.

Jetzt also sah er ihr zu, wie sie fröhlich herumwirbelte und sich darüber freute, ihren Arbeitgebern ein Schnippchen geschlagen zu haben, daß diese ihr nämlich endlich zumindest ein Drittel vom dem, was sie eigentlich verdient hätte, bezahlten. Hatte sie am Tag zuvor ihre Enttäuschung über die laue Reaktion auf das Stück tapfer zurückgehalten, so zeigte sie jetzt ostentativ ihre Freude über ihre Beförderung. Wie er, neigte sie dazu, dem Glück mehr Beachtung und Raum zu geben als seinem Gegenteil. Und genau das war es, was er unter anderem von einer Frau erwartete: nicht nur Herz, sondern auch Mut. Das war einer der Gründe, warum er sie so sehr und so lange schon liebte. Er wollte ihr das sagen, sah aber ihr glückstrahlendes Gesicht und schwieg. Und er erinnerte sich daran, wie sie sich tags zuvor im Gang des Theaters ganz unerwartet umarmt hatten und wie unfaßbar und verwirrend das für Sybil gewesen war. Und daran, daß sie in ihrer eigenen Vorstellung die glückliche Geliebte eines leidenschaftlichen Mannes war. Und er führte sich vor Augen, daß sie am Nachmittag nicht dabeigewesen war und nicht von dem Bismarck-Cocktail gekostet hatte. Darauf faltete er mit einem schamvollen Seufzer die Hände über dem Magen: dort brachen oft seine eingebildeten Krankheiten aus.

Zur Feier ihres finanziellen Erfolgs hatte Sybil ihre beste Freundin Nancy und deren Mann Paul eingeladen, mit dem sich François glücklicherweise ganz gut verstand.

Le Joker war ein sehr beliebtes Restaurant. Man mußte, bevor man schließlich in einem ungewissen Halbdunkel seinen Platz gefunden hatte, durch einen großen Eingangsbereich gehen, in dem Tisch an Tisch stand und wo jegliches Inkognito unmöglich war. Die beiden Frauen auf ihrer Bank unterhielten sich angeregt mit François, während Paul sich zum großen Ärger seiner Frau die Zeit damit vertrieb, sich immer wieder umzudrehen. Aus dem schönen, blonden Jüngling, der er einmal gewesen war – eine Zeitlang hatte man ihn sogar einen Dichter genannt –, war ein Dickwanst geworden, der Beiträge für die Klatschspalten einiger Wochenblätter schrieb, höchst mittelmäßige Blätter übrigens, selbst wenn er das nicht zugab. Auch seine Frau Nancy wollte ganz entschieden nichts davon wissen, was Sybil zugleich erstaunte und faszinierte, denn Nancy war für sie die Scharfsichtigkeit in Person. Sie hatte gewußt und hingenommen, daß Paul sie betrog, daß er seine politischen Einstellungen wechselte wie seine Chefredakteure, aber sie wollte nicht gelten lassen, daß er Klatschgeschichten über das Leben anderer Leute schrieb und obendrein noch Geld damit verdiente. Deshalb glaubte auch Sybil es nicht, und François, der es besser wußte, hatte sich darüber geärgert, war dann aber zu einem seiner Lieblingsgrundsätze zurückgekehrt: besser ein Dummkopf als ein schlechter Freund. Angesichts der Unruhe von Paul, der die hinter ihm neu eintreffenden Gäste nicht sehen konnte und nervös wurde, konnte François dann doch nicht umhin, Sybil zuzuzwinkern, worauf diese mit einem vernichtenden Blick konterte. Nancy geriet in Rage, und so charmant sie im allgemeinen war, so sehr konnte sie auch das Gegenteil sein. Die Vorstellung, es könnte zu einer Szene kommen, verursachte François Unbehagen und machte ihm seine eigene nervöse Erschöpfung bewußt.

»Also, ich trinke auf deinen Erfolg«, sagte er und prostete Sybil zu.

»Auf deinen Geldsegen!« ergänzte Nancy.

Sie war klein, dunkelhaarig und schnell gereizt – das ganze Gegenteil von Sybil, strebte aber nach einer friedvollen Partnerschaft und war bar jeglicher Eifersucht oder geheuchelter Aufrichtigkeit, wie manche Frauen sie verbittert und schließlich gnadenlos untereinander praktizierten, Frauen, die

François mehr als alles andere fürchtete. Dabei war er Nancy einst ausgeliefert gewesen, denn sie hatten vor Jahren eine kurze Affäre gehabt, und Nancy hätte ihn damals verraten können; sie hatte Sybil aber nichts gesagt, und auch Paul nicht. Oh, was für ein Glück doch dieser dicke Paul hatte, dieser Einfaltspinsel! François wunderte sich plötzlich, daß er sich ihm so überlegen fühlte, denn er hatte ihn bewundert, damals, als er der Hoffnungsträger der Literatur war und er, François, etwas darum gegeben hätte, so schreiben zu können wie Paul. Seit wann schrieb Paul eigentlich nichts mehr? Seit wann hatte er auf alles, auf die Literatur, auf den Erfolg verzichtet? Wahrscheinlich seit er seine Hoffnungen in umgekehrter Reihenfolge anordnete: zuerst der Erfolg, dann die Literatur. Und er, François, was war mit ihm?

Er wandte seinen Blick von Paul ab und senkte die Lider: so als hätte Paul ihm diese Frage gestellt! Was war denn mit dem Roman, seinem Roman, von dem er so viel geredet hatte, an dem er nicht schrieb, den er nicht einmal angefangen hatte und über den selbst Sybil kein Wort mehr verlor... Wenigstens versuchte er nicht länger, sich einzureden, daß er nicht die Zeit hatte, die materiellen Möglichkeiten, die notwendige Ruhe. Auch er hatte damit aufgehört, sich etwas vorzumachen, jedenfalls in diesem Punkt. Nein, ihm lag das Stückeschreiben mehr, seine Dialoge waren natürlich und treffend, und zwischen seinen intellektuellen und seinen schriftstellerischen Fähigkeiten ergab sich dabei eine Art Synthese, was schon allerhand, ja wie ein Wunder war. Er hatte schon so manchen klugen Kopf gesehen, der nicht die geringste Begabung zum Schreiben hatte, so manchen Literaturnarren, intelligent, gebildet, bescheiden, leidenschaftlich, der hundertmal denselben schwerfälligen, unverständlichen Satz schrieb und nicht vorankam. Doch kaum einer war sich dessen bewußt. Welche Ungerechtigkeit lag in alldem – die himmelschreiende Ungerechtigkeit des Talents. Paul, dem dicken Paul, war zwei, drei Jahre lang diese Gnade zuteil geworden, wie anderen eine Krankheit oder eine Depression. Was fiel ihm ein, Paul so zu verachten?

»Sieh da, dein Produzent«, sagte dieser.

Er hatte sich gerade wieder einmal umgedreht und diesmal Berthomieux entdeckt. Allgemeines Händeschütteln. Berthomieux, die Taille ein wenig zu eng gegürtet, das weiße Haar etwas zu grau oder umgekehrt, sah mehr denn je wie ein Modegeck der Jahrhundertwende aus. Sybil hatte es ihm jedenfalls angetan. Wie einer Schauspielerin nickte er ihr bewundernd zu.

François wurde ärgerlich, als Berthomieux sich ihm mit wissender Miene zuwandte: »Nun, was machen unsere Pläne? Haben Sie unsere Mouna inzwischen wiedergesehen?«

Ohne daß er es wollte, begann François zu lachen, einfach so: ihm fiel absolut keine Antwort ein. Hatte Mouna diesem mittelmäßigen alten Schwätzer etwas gesagt, ihn angerufen, kaum daß er den Rücken gedreht hatte? Hatte sie ihm Einzelheiten verraten? Oder hatte sie ihn schon vorher von ihrem Treffen informiert? Wie dem auch sei, wenn er sich mit ihr getroffen hatte, hätte er es Sybil sagen müssen. Er hatte sie also nicht gesehen. Er mußte es darauf ankommen lassen.

»Ich sehe sie morgen oder übermorgen, denke ich. Wir wollten uns darüber noch verständigen.«

Überrascht schaute Sybil zu ihm hinüber. Ihre Blicke forschten in seinem Gesicht das wußte er, sah sie aber nicht an. Starren Blicks und unentwegt lächelnd, fixierte er verzweifelt Berthomieux. Wie ein Schwachkopf, schoß es ihm durchs Hirn, ich grinse bestimmt wie ein Schwachkopf. Berthomieux, ebenfalls lächelnd, sagte etwas Belangloses, verabschiedete sich und ging.

François mußte sich setzen. Ach nein, er saß ja schon. Er tastete nach seiner Gabel, fand auf seinem Teller ein rettendes Salatblatt, spießte es auf und führte es zum Mund. Wenigstens hatte er aufgehört zu lächeln. Das war schon ein Fortschritt.

»Du hast mir gar nicht erzählt, wie es schließlich gelaufen ist«, wandte sich Nancy an Sybil.

»Schlecht, glaube ich, sehr schlecht, es sei denn François führt irgend etwas im Schilde.«

Sie lächelte ohne Begeisterung, und er zwinkerte ihr verstohlen zu, so als hätte er tatsächlich ein Geheimnis, das aber nur für sie bestimmt war.

»Ich erzähle es dir später«, versprach er. »Wir haben noch eine Chance ... nun ja, den Bruchteil einer Chance ...«

»Erzähl doch«, drängte Paul, den Nancys
Blicke sogleich zum Schweigen brachten. (Der
Arme! Kein bißchen Neugier, nicht einmal die
verständlichste Neugier war ihm zur Zeit erlaubt.)

»Paul, kennst du Berthomieux?«

»Flüchtig, von früher natürlich. Aber sie finde
ich viel amüsanter. Habt ihr sie gesehen? Sie hat
ihr großes Comeback in Paris noch nicht gefeiert.«

»Welches große Comeback? Sie ist doch bestimmt hundert!« warf Nancy ein, und François
senkte den Blick, um nicht laut loszulachen.

Paul protestierte: »Aber nein. Gerade als es mit
ihrer Karriere aufwärtsging, das ist jetzt vielleicht
fünfzehn Jahre her, hat sie Paris wegen ihres Industriellen verlassen. Aber Sie war immerhin die
letzte ...«

»Die letzte was?«

»Die letzte Kurtisane«, ereiferte sich Paul. »Bei
ihrem ersten Mann, der war Regisseur, hat sie ein
paar Hauptrollen gespielt. Dann hat sie einen
Direktor kennengelernt, ich glaube, aus der Elek-
trobranche, aber so genau weiß ich das nicht mehr,
und danach einen Bankier, soviel ich weiß, jedenfalls einen mit Milliarden. Eine echte Kokotte,
wie es sie zu Beginn des Jahrhunderts gab, könnte man sagen, aber auch im Jahre 1980 noch gut
im Geschäft, das kann ich dir sagen! Natürlich
habt ihr davon nichts mitbekommen; ihr hattet
euch gerade kennengelernt, die Welt hätte unter-
gehen können, ihr hättet es nicht gemerkt.«

»Und du findest, daß es mit unserem Planeten

im Augenblick aufwärtsgeht?« warf François ein.

Er versuchte, von etwas anderem zu reden, denn es sah so aus, als würde es in Nancys Lockenköpfchen rumoren. Sie hatte die Fährte aufgenommen und lag auf der Lauer.

»Nein, im Ernst, wie alt schätzt du diese Mouna?«

Was sollte ein Gentleman darauf bloß antworten? Schließlich kam er gerade aus den Armen dieser angeblich Hundertjährigen! Für solche Fälle mußte es doch Anstandsregeln geben. Und dieser Lachreiz, der ihm in Kehle, Nase, Wangen juckte...

»Da möchte ich lieber nicht schätzen«, gab er entnervt zurück.

»Du findest, daß sie jedenfalls schon alt genug ist?« Über seine eigenen Witze konnte Paul sich immer ausschütten.

»Nein!«, protestierte François, »nein, aber es gehört nicht zu meinen Gewohnheiten, mich nach dem Alter der Frauen zu fragen, mit denen ich geschäftlich zu tun habe.«

»Also das ist aber ein Fehler. Alles hängt mit allem zusammen, und wenn du weißt, wie alt sie ist...«

»Das hat nichts zu sagen. Entweder ist sie jetzt härter gesotten als in ihrer Jugend oder auch nicht. Wie willst du das wissen? Diese Verallgemeinerungen, weißt du...«

»Sind einfach nur Vermutungen, meinst du! In letzter Zeit muß man dir aber auch jedes Wort aus der Nase ziehen!«

Der Ton war schärfer geworden, und die Frauen griffen ein. François war gut aufgelegt, wie jedesmal, wenn er das Gefühl hatte, noch einmal davongekommen zu sein, selbst wenn die Angelegenheit, wie er sehr wohl wußte, nur aufgeschoben und nicht aufgehoben war.

Tatsächlich – und das Lächerliche daran war ihm bewußt – fühlte er sich verletzt, als würde Mouna von Sybil und ihren Freunden ein Unrecht zugefügt – ein Unrecht, wenn es denn eines war, das ihn nicht nur in seiner bloßen Eitelkeit verletzte.

7

François war auf dem Kriegspfad, dem der Dummheiten. Seit jenem Abendessen zu viert war das zwar offensichtlich, Sybil aber konnte es nicht ernst nehmen. Zum einen, weil die unruhigen Zeiten, denen sie entgegengingen, auch viel Positives versprachen: Allein dieses herrliche Stück, das jetzt abgeschlossen war, das ihnen gehörte und bald auch jedem Theaterbesucher gehören würde, der wirklich gute Bühnenstücke liebte; dann dieser glückliche Zufall, dem Sybil den neuen Auftrag bei der Zeitung und die damit verbundenen zehntausend Franc zu verdanken hatte; und schließlich die Leidenschaftlichkeit ihrer Liebe, die immer noch gleich stark war, wie François ihr neulich noch in den Kulissen des Theaters bewiesen hatte (trotz der Gefahr, dabei überrascht zu werden und sich lächerlich zu machen).

Eines hatte François aus seiner ebenso kurzen wie lächerlichen Periode als Don Juan gelernt: Man konnte gar nicht vorsichtig und, im Falle eines berechtigten Verdachts, nicht zärtlich genug sein. Jede Frau, sie mag noch so intelligent sein, glaubt, daß ihr Partner, solange er sie begehrt, keinen anderen Versuchungen erliegt. In ihren Augen bedeutete das Begehren Ausschließlichkeit. Er wußte nur zu gut, wie falsch dieser Reflex war, und hatte sich schon immer über diesen Irrtum, den er bei allen seinen Geliebten vorgefunden hatte, gewundert. Doch es stimmte schon, es beruhigte sie, wenn man mit ihnen schlief, wie es auch stimmte, daß man um so mehr Lust bekommt, je häufiger man Liebe macht; und daß er nicht einer Frau oder drei Frauen treu war, sondern dem Liebesverlangen, der Liebe selbst, diesen aufeinander folgenden Körpern, über die sich der immer gleich liebenswürdige und liebeshungrige François beugte. Selbst wenn er, wie es auch vorkam, wochenlang beim bloßen Gedanken an Sex schon gähnte. All das hatte mit seiner Liebe zu Sybil nichts zu tun. Sie war das Wichtigste in seinem Leben; das war aber auch der einzige Punkt, in dem er ihr gegenüber eine sehr unbestimmte und ängstliche Herablassung fühlte

Was für ein Glück, sagte er sich, wenn er einen lichten Moment hatte, was nicht allzu oft vorkam, was für ein Glück, wenn man diese Probleme in irgendeinen emotionalen, psychologischen oder literarischen Zusammenhang stellen konnte. Liebende wurden stets von Angst heimgesucht — nicht von Angst voreinander, sondern vor der Zukunft. Aber sie sorgten sich auch wiederum nicht um die Zukunft ihrer Liebe, sondern ganz einfach um die Zukunft des anderen. Wenn man die Liebe auf diese Angst reduzierte, auf ihren ganz trivialen, wahren, hingebungsvollsten Ausdruck, konnte sich in der Tat jeder Liebhaber fragen, wie und unter welchen Umständen der Gegenstand seiner Liebe enden würde. Laut Statistik zum Beispiel würde er vor Sybil sterben, und er hätte etwas darum gegeben, wenn er nur hätte sicher sein können, daß sie ihr Leben in Geborgenheit, umgeben von Freunden und einem bescheidenen Komfort beenden würde, einem Komfort, den er ihr zum gegenwärtigen Zeitpunkt, obwohl er im besten Alter war, nicht bieten konnte. Er würde ihr später nicht mehr an materieller Sicherheit bieten können als jetzt an liebevoller Geborgenheit. Das wußte sie nicht. Er hatte aber das dumme, kindliche, auf die jüdisch-christliche Erziehung zurückzuführende Gefühl, daß jede Lüge, jeder Seitensprung ihr etwas von dem zukünftigen Kapital, von dieser Zukunft wegnahm, die freilich, was das Finanzielle betraf, nun wirklich nicht von seiner Treue abhing. Man brauchte sich nur Mouna Vogel anzusehen, ein schwaches Weib, ein treuloses Weib, doch keineswegs bloß eine gescheiterte und ausrangierte Schauspielerin. Denn immerhin hatte sie sich unter anderem eines der schönsten Theater von Paris gekauft und eine – das war das mindeste, was man sagen mußte – komfortable Wohnung dazu. Komfortabel, er hatte sich dieses Eigenschaftswort zurechtgelegt, wie er sich seine Wörter jedesmal zurechtlegte, wenn er sich die Leviten las, doch bei diesem mußte er lachen.

Wie üblich zögerte Sybil, François über seine
Geheimnisse oder Stimmungen auszufragen. Sie
war sicher, daß etwas im Gange war, und wenn sie
es vor sich selbst hätte verleugnen wollen, wie es
gelegentlich vorkam, so hätte sie das Fragezei-
chen, das Nancy ihr hinter François Rücken auf
der Straße angedeutet hatte, davon abgehalten.
Das ärgerte sie ein wenig, denn sie war aus guten
Gründen schon immer davon überzeugt gewesen,
daß man unausgesprochene Schwierigkeiten erst
recht eigentlich heraufbeschwor, indem man über
sie sprach. Sie war ein in sich ruhender Mensch
mit dem Hang zum Absoluten, das war ihr aber
nicht bewußt, und wäre es ihr bewußt gewesen,
hätte sie sich nichts darauf eingebildet. Sie wollte
absolut tolerant sein, hoffte und glaubte es zu sein,
und eigentlich war sie es auch, sah man von bestimmten Dingen ab, die etwas mit der Liebe zu
tun hatten und mit denen sie sich noch nicht hatte
auseinandersetzen müssen.

Sie fragte ihn also, ohne recht auf die Antwort
zu hören, warum er in der Unterhaltung mit
Berthomieux so laut gelacht habe. Er redete sich
auf den Schnitt seines Anzugs, den Tonfall seiner
Stimme hinaus, was sie gelten ließ. Von sich aus
fügte sie ein wenig später hinzu, daß Mouna Vogel
nicht wie hundert aussehe und daß Paul und
Nancy gewaltig übertrieben hätten. Sie betonte
sogar, daß sie völlig »okay« sei. Worauf François
nach kurzer, nüchterner Überlegung erklärte, daß
sie da doch etwas zu weit ginge. Jedenfalls, setzte

er hinzu, könne er ihr in einigen Tagen mehr und Genaueres sagen, denn er habe sie tatsächlich am Morgen angerufen. Allerdings habe er dann vergessen, daß er eine Verabredung wegen des tschechischen Stücks mit ihr getroffen habe, und hoffe, sie ohne Berthomieux zu sprechen, denn seiner Meinung nach sei es Berthomieux, dieser reaktionäre aufgetakelte Greis, der sich der Aufführung des Stücks widersetze. Das sei schon möglich, stimmte sie zu, man werde ja sehen.

Jedenfalls war der neue Auftrag der Zeitung ein Grund zum Feiern gewesen. »Das war trotz allem ein sehr schöner Tag!« räumte auch er ein.

8

Leider stellte sich heraus, daß nicht nur Sybil die Summe von zehntausend Franc für die zwei Seiten in der *Französischen Frau* überwältigend fand, sondern auch der Chefredakteur. Die sollte sie sich erst einmal verdienen! Es ging darum, den unglücklichen Leserinnen der Zeitung – das heißt solchen, die nicht das Glück hatten, in der Lichterstadt Paris zu wohnen – hier ein Theaterstück, dort eine Tanzdarbietung oder einen neuen Film schmackhaft zu machen, jedenfalls eine Abendunterhaltung, die als »prestigeträchtig« galt, was immer das bedeuten mochte. Wenn Sybil nun auch keine Bedenken hatte, ein Loblied auf die elegante und schwungvolle Abendveranstaltung des Parfümherstellers Guerlain zu singen, so glaubte sie deshalb noch nicht das Recht zu haben, arglose Leserinnen auf Zweihundert-Franc-Plätze zu locken, für einen Schmarren, der hohen Ansprüchen zu genügen versprach oder, was manchmal noch schlimmer war, ganz auf solche verzichtete. Dafür gab sie sich nicht her, sie suchte etwas anderes, kurz, hielt so hartnäckig an ihrer Aufrichtigkeit fest, daß es zu spannungsgeladenen

Abenden kam, da François mit seiner Geduld noch
rascher am Ende war als sie mit ihrer Nachsicht.
Man konnte ihn leichter aufheitern als aus der Fas-
sung bringen, aber hätte man den genauen Durch-
schnitt ermittelt, hätte er sich seiner Aufgaben als
Kritiker dreimal so schnell entledigt als sie, und je
nach Tagesverlauf hielt er oder sie sich insgeheim
etwas darauf zugute. Mit einem Wort, sie stritten
sich schließlich über dieses Thema, das keinen von
beiden persönlich betraf, sie aber gegeneinander
aufbrachte – und dabei hatten sie sich im stillen
immer vorgenommen, es nie zu einer solchen Situation kommen zu lassen, für die nun jeder, im
Glauben an die eigene Schuldlosigkeit, den anderen verantwortlich machte.

François hörte nichts von Berthomieux, und
auch Mouna Vogel meldete sich nicht. Das Theater
an der Oper hatte ein englisches Stück herausge-
bracht, das dank einer Besetzung, die einige
Trümpfe aufzuweisen hatte, ein Erfolg gewesen
war. Sybils Artikel fanden Anklang, und da sie
Begabung mit Gradlinigkeit verband, waren sie
ein voller Erfolg, der sie allerdings viel Zeit koste-
te. François kam mit seiner Reihe über Dichter des
19. Jahrhunderts nur mühsam voran. Er schrieb
auch weiterhin Artikel für seine Zeitung, die aber
nichts mehr vor dem Konkurs aus politischen
Gründen retten konnte. Seine Chroniken zeugten
von Bildung und waren witzig; einige Leser fanden ihren Sarkasmus hart an der Grenze der An-
maßung, und er war ganz ihrer Meinung. Wenn

Sybil nicht wäre, sie müßten ein kümmerliches Leben führen, versicherte er allen ihren Freunden so oft, daß Sybil manchmal in Harnisch geriet. Zehn Jahre lang hatte sie ihn nie so indiskret erlebt. So kam es, daß sie eines Tages von seinen Klagen genug hatte und seinen Freunden gegenüber erklärte: »François redet nur so daher! Er hat nichts Besseres zu tun, als zu klagen.«

Stille trat ein. Sie war so selten aggressiv, daß dies fast einem Ausbruch gleichkam. Bald darauf marschierten sie den Boulevard du Montparnasse entlang in einem Schweigen, das er nicht verstand und sie sich nur halb zum Vorwurf machte.

»Was hast du denn?« fragte er schließlich und packte sie am Arm.

Sie versuchte sich loszureißen, doch er hielt sie mit eisernem Griff fest, und sie ließ es geschehen.

»Ich habe mich geärgert!« antwortete sie und ging schneller. Er mußte sie zurückreißen, denn um ein Haar wäre sie von zwei Autos erwischt worden, die im Recht waren.

»Paß doch auf! Die Autofahrer wissen doch nicht, daß du genervt bist. Warum hast du dich denn über mich geärgert?«

»Geld, Geld und nochmals Geld, und du der beklagenswerte Mann, der sich von seiner Frau aushalten läßt! Was geht das die Leute an?« schrie sie wütend. »Es kommt doch auch bei uns darauf an, wie wir beide seit zehn Jahren miteinander leben!«

»Selbstverständlich«, erwiderte François ge-

76

reizt. »Ich habe einfach festgestellt und mich dazu beglückwünscht, daß du mich ernährst.«

»Und ich wohne in deinem Haus.«

»Ach, ich bitte dich! Laß uns mit dieser Aufrechnerei aufhören. Ich weiß nicht, warum wir nicht über Geld sprechen können, ohne so kleinlich zu sein. Zahlen sind doch eine klare Sache, daran gibt's nichts zu deuteln, langweilig, aber eindeutig. Es ist doch keine Schande, wenn man kein Gefühl dafür hat.«

»Ich bin ganz deiner Meinung,« sagte sie, »das wird allmählich langweilig, wie du ganz richtig sagst.«

Sie gingen zu Bett und drehten einander den Rücken zu, doch François setzte sich gleich wieder auf, um sein Buch zu Ende zu lesen. Höflich fragte sie ihn, was er da lese. Ebenso höflich nannte er ihr den Titel. Wenig später bot er ihr eine amüsante Beschreibung des Buches an, aber sie schlief schon oder tat so. Seit jeher nahm er entschieden Rücksicht auf den Schlaf seiner Partnerin, auch wenn diese sich nur schlafend stellte. Schließlich war sie es, die sich stets untadelig benahm, nicht er. Auch diesmal hatte sie nicht geschrien, seine Klagen seien unberechtigt, falsch, und er und seine Mannestugenden trügen die Verantwortung für ihre materielle Existenz. Er hätte sich freilich gewünscht, daß sie das gesagt und gedacht hätte.

Zum erstenmal war es für François wichtig, daß sie ihm praktische Fähigkeiten zutraute, von ihm erwartete, mit der Zeit zu gehen, sich als Mann mit zeitgemäßen Eigenschaften zu erweisen, über die sie sich immer mokiert hatten, die er aber glaubte, unter Beweis stellen zu können, selbst wenn im Augenblick seiner Reihe über *Die großen Dichter des 19. Jahrhunderts* für den Messidor Verlag kein großer Erfolg beschieden war, selbst wenn er seine Artikel, in denen er sich freimütig äußerte, nur in entsprechenden Blättern veröffentlichen konnte, die wenig zahlten. Er wußte nicht, was er daran hätte ändern können. Wenn er jemals irgendwelches Geld verdient oder irgendeinen Besitz erworben hatte, dann nur mit Bearbeitungen und Übersetzungen fürs Theater. Er schwor sich, das nächste Mal seine Autorenrechte nicht zu verplempern, sondern einen Teil für Sybils Altersversorgung beiseite zu legen. Wenn sie das in den Zeiten von Tschernobyl auch nur im geringsten würde beruhigen können, sagte er sich mit durch Nachsicht beträchtlich gesteigerter Zärtlichkeit. Darüber, wie immer nach einem seiner Anfälle von Unaufrichtigkeit, sank er in Schlaf.

»Wie geht es Ihnen? Ich dachte schon, Sie hätten mich ganz vergessen! Ich war sehr enttäuscht ... Geht es Ihnen gut? Und Sybil Delrey? Haben Sie über unser Theaterprojekt nachgedacht?«

Mouna Vogel war wirklich eine liebenswürdige Frau; oder eine Frau, die nicht nachtragend war; oder aber eine Frau ohne Erinnerungsvermögen. Ihre Ungezwungenheit, ihre Höflichkeit beeindruckten François sehr.

»Ich habe nichts vergessen«, sagte er in, wie er selbst fand, wenig überzeugendem Ton, »aber ich weiß, daß Sie sehr viel Arbeit und auch sehr viel Erfolg gehabt haben. Esmonds Stück hat mir sehr gefallen. Es kommt sehr gut an, wie ich höre.«

»Nicht so gut, als daß man nicht schon an das nächste Stück denken sollte. Das Theater ist auch nicht mehr, was es einmal war, das wissen Sie so gut wie ich. Hören Sie, wäre es Ihnen recht, wenn wir in den nächsten Tagen einmal abends zusammen essen gingen? Nein, lieber nächste Woche.«

Sie hat es nicht eilig, sagte sich François melancholisch.

In Anbetracht der Tatsache, daß sie zwei Monate nichts von sich hatte hören lassen, war das nicht verwunderlich. Dabei war er neulich in einer Parfümerie ganz durcheinandergeraten, als die Verkäuferin eine Schachtel geöffnet hatte, aus der dieser Duft von Reispuder strömte und ihm plötzlich ein erstaunlich genaues Bild seiner Hundertjährigen vor Augen stand. Eines Tages würde er es ihr erzählen, sollten sie sich zufällig anfreunden, was in Paris gänzlich unerwartet auch Leuten passieren konnte, die ganz offensichtlich sehr verschieden waren – zumeist von einem gemeinsamen Erfolg begünstigt. (Nur sehr wenige dauerhafte Bindungen ergaben sich aus einem gemeinsamen Mißerfolg.)

»Wann Sie wollen. Ich stehe voll und ganz zu Ihrer Verfügung.«

»Wie wär's mit Donnerstag in acht Tagen? Ich

habe eine Idee für Ihre Bearbeitung des Stücks, einfach wunderbar – glaube ich wenigstens. Gut. Ich trage Sie für Donnerstag, den 17. ein. Ja? Ach, nun gut, wir werden sehen, nicht? Rufen Sie mich morgens an.«

»Gut. Einverstanden. Es bleibt dabei ...«, sagte François, ohne sich dazu durchringen zu können, die Anschlußfrage zu stellen. Mouna fragte dann, als er schon auflegen wollte.

»Gehen wir zu zweit, zu dritt oder zu viert essen? Das müßte ich schon wissen; Berthomieux ist immer so beschäftigt!«

»Zu zweit, wenn es Ihnen recht ist?«

François hörte sich antworten. Seine Stimme klang ruhig und, nun ja – unbefangen. Sollte es später zu Komplikationen kommen, so würde er sich wenigstens nicht sagen können, daß er damit nichts zu tun gehabt habe.

Wie der Zufall manchmal so spielt, hatte Sybil am 17. einen Termin in München. Es ging um eine Ballettinszenierung. Zur gleichen Zeit sollte sie mit Daldo Monterane – *dem* Wunderkind des Bolschoi-Theaters – ein Interview machen; er war ein genialer Tänzer, über den man in der Öffentlichkeit genüßlich munkelte, er habe eine Vorliebe für Frauen. Da er obendrein sehr schön war und die Zeiten verrückt genug, daß man an der Heterosexualität eines Tänzers Anstoß nahm, umgab ihn eine gewissermaßen teuflische Aura, haftete ihm etwas Zweideutiges, ja Diabolisches an. Sybil mußte also für drei Tage verreisen, da sie zusätzlich den Auftrag hatte, für die französischen Frauen, die nicht das Glück hatten, in der Nähe von München zu wohnen, eine ausführliche Beschreibung der Pinakothek vorzubereiten. In Anbetracht dieser umfangreichen und intellektuell anspruchsvollen Aufgabe hatte man ihr zwei Fotografen zur Seite gestellt, der eine bekannt durch seine technischen Finessen im Bereich der Farbfotografie, der andere, was Sybil sehr viel mehr beunruhigte, durch seine »Kunst«, alte Sujets aufzufrischen.

Auf jeden Fall, sagte sie sich großzügig, würde es ihr und auch François sehr gut tun, wenn sie für ein paar Tage weit weg wäre. Sie waren zur Zeit beide etwas nervös und er außerdem irgendwie zerstreut. Ihre gemeinsame Zukunft sah er weniger pessimistisch als fatalistisch, was nicht sehr erfreulich und zudem ansteckend war. Sie hatte bei ihrem Liebsten immer mit einem hohen Maß an Widersprüchlichkeit gerechnet, ohne sich aber allzu sehr zu beunruhigen, da sie wußte, daß er ein im Grunde unbekümmerter, zärtlicher, großzügiger und guter Mensch war. Sie hatte nicht geahnt, daß er je eine Kehrtwende um hundertachtzig Grad machen und den besorgten, vorsichtigen, zu kurz gekommen Bourgeois spielen würde. Das paßte wirklich nicht zu ihm.

Am Morgen ihrer Abreise fragte sie ihn zärtlich: »Was hast du vor?« Er rekelte sich in ihrem Bett, und unter seinem alten T-Shirt, das er nachts

immer trug, sah sie seine Rippen und fand, daß er
wie ein schmächtiger, kleiner Junge aussah mit einer kaum sichtbaren weißen Strähne im Haar, hinter dem Ohr. Eigentlich hätte er sehr gut ins 19.
Jahrhundert gepaßt mit seiner Mode der langen
Westen, der am Knie eng anliegenden Hosen,
runden, weißen Kragen oder gestärkten Hemden-
einsätzen, die, wenn die Not dazu zwang, auf
bloßer Haut getragen wurden. Wo hatte sie dieses
Detail nur gelesen? Bei Zola? François war jung,
er sah wirklich jung aus, und es kam ihr vor, als sei
seine Haut sogar noch zarter, empfindlicher als vor
zehn Jahren. Einer Aufwallung von Zärtlichkeit
nachgebend, ließ sie ihre schwarze Seidenbluse
quer über den Koffer fallen, machte zwei Schritte,
setzte sich schräg aufs Bett und nahm ihn in die
Arme.

»Mein langer Lulatsch«, sagte sie, »mein Liebling.«

Sie hielt ihn in den Armen, wiegte ihn kaum
merklich. Ein Sonnenstrahl stahl sich durch die
beiden Fensterläden zu ihnen und blendete François. Dann, als sei ihm seine Indiskretion peinlich,
verschwand der Sonnenstrahl wieder. Sein grelles
Licht hinterließ jedoch auf den Pupillen des Mannes in Sybils Armen eine Art undurchsichtigen
Schleier ...

»Sag, was hast du heute abend vor?«

Obwohl es noch früh am Nachmittag war, begann es schon dunkel zu werden, da ein Gewitter
heraufzog.

»Nichts«, sagte er, »gar nichts. Ich werde früh
zu Bett gehen, ich habe Kopfschmerzen. Wahrscheinlich bekomme ich eine Erkältung.«

In Wahrheit war er mit Mouna zum Abendessen verabredet, und das hätte er ihr natürlich
sagen können, ja sagen müssen. Wenn Mouna nun
aber zu der Bearbeitung nichts Vernünftiges eingefallen war, wenn nichts dabei herauskam, dann
würde er ihr einen Mißerfolg angekündigt haben.
Wenn es jedoch funktionieren sollte, würde er ihr
bei ihrer Rückkehr einen triumphalen Empfang
bereiten, und ihr Glück wäre auch sein Glück.

Deshalb wurde François wütend, als das Telefon
klingelte und Sybil mechanisch wiederholte, was
ihr eine Stimme mitteilte, daß nämlich keine
Maschine mehr nach München flog, weder bei Air
France noch bei einer anderen Fluggesellschaft. Er
hatte das Gefühl, von einer eifersüchtigen Frau
überwacht zu werden und er konnte seine Verärgerung nicht verbergen. Sie vermochte nicht einmal,
sie zum Schein zu ignorieren, so deutlich war sie
ihm anzumerken. Das war alles sehr dumm, aber
Sybil war sich keiner Schuld bewußt. So stand sie
im Schlafzimmer, drehte François den Rücken zu,
und das Blut pochte ihr in den Schläfen. Sie mußte
sich unbedingt aus dieser Situation befreien, auch
ihn befreien, sie alle beide.

»Hör zu«, sagte sie, »es tut mir leid, daß du
dich nicht so gut fühlst, wie du mir eben gesagt
hast, aber ich muß wirklich fahren. Es fährt noch
ein Zug, soviel ich weiß.«

Es gab nichts, was sie so früh am nächsten Morgen in München erwartet hätte; das war ihr klar, und es war ihr auch klar, daß es ihm klar war. Es kam jedoch vor allem darauf an, aus dieser grotesken Situation herauszukommen, in die sie sich hineinmanövriert hatten und die ganz belanglos war (das wußte sie schon, wußte es seit jeher, und wie es dazu gekommen war, könnten sie immer noch sehen). Doch er hätte ihr wenigstens für ihre Lüge dankbar sein können, denn sie bewahrte sie immerhin vor einer Szene, das heißt vor einer Flut aufgebrachter Fragen und Nachforschungen, die eine eifersüchtige Frau instinktiv und blindwütig ganz unvermittelt anstellen konnte. Solche Szenen waren immer gefährlich, ganz gleich, welche Ursache sie hatten. Selbst wenn sich zwei Menschen so sehr liebten wie sie und schon seit langem eine Liebesbeziehung hatten, waren doch stets irgendwo blinde Kräfte am Werk, die keinem von beiden bekannt noch bewußt waren, die aber ein Zufall wecken konnte. Dann brachen sie in Gebrüll aus, verbissen sich ineinander und infizierten sich für immer. Eine unbekannte Macht, ein Dämon, der in jedem von ihnen schlummerte, der machte, daß jeweils der eine dem anderen unwillkürlich die Unvollkommenheit seiner Liebe zutiefst verübelte, ihm vor allem verübelte, daß er ihn bisweilen in einer Einsamkeit zurückließ, in der er sich ganz verloren fühlte, in jener grausamen und schrecklichen Einsamkeit, die sie miteinander teilten, auch dann, wenn sie von Liebe sprachen.

Sie fühlte, wie ihr Herz klopfte, sagte aber nichts. Er stand hinter ihr und merkte nichts von ihrem plötzlichen Erschrecken und dessen grausamen Auswirkungen. Und in dem Augenblick, als ihr bewußt wurde, daß sie wegfahren, ihn verlassen konnte, als ihr bewußt wurde, daß das Nichtwiedergutzumachende geschehen, das Gesicht dieses Mannes aus ihrem Leben verschwinden, ja sogar durch ein anderes ersetzt werden konnte, in dem Augenblick, als sie sich das alles vor Augen führte, diesen Doppelmord als eine x-beliebige Eventualität mit dem stillen Schrecken und dem Zynismus der mißhandelten Unschuld – ein Zynismus, von dem sie noch nicht wußte, daß sie dazu fähig war –, in diesem Augenblick legte François sein Kinn auf ihre Schulter, seine rechte Wange an ihr linke. Sie fand, daß sie sich tatsächlich etwas heiß anfühlte ...

»Glaubst du, daß du wirklich krank bist?« fragte sie leise, schuldbewußt und verblüfft bei der Vorstellung, daß François krank sein könnte. Der Arme schleppte vielleicht eine Lungenentzündung mit sich herum, während sie sich ein sinnloses Melodram vorgaukelte.

»Aber nein«, versicherte er, und sie spürte an ihrer Wange, wie er lachte. »Nein, ich bin zwar dumm, aber krank bin ich nicht, nicht ernstlich. Mach dir keine Sorgen.«

Und er reagierte, wie er zehn Minuten, zehn Jahre, ein Leben, ein Jahrhundert früher hätte reagieren sollen, indem er nämlich den erlösenden

Satz hinzufügte, den sie ihm selbst in den Mund gelegt hatte:

»Nimm deinen Zug, Liebling. Ich mag es sowieso nicht, wenn du fliegst.«

Sie nickte, schmiegte sich noch enger an seine Brust, und drei Sekunden lang wiegten sie sich sehr langsam wie zwei Genesende von den Fußspitzen auf die Fersen, vor und zurück. Sie hatten in ihrem Zimmer keinen Spiegel, in dem sie sich in voller Körpergröße sehen konnten. Beide schauten durch die Fenstertür hinaus auf den etwas vertrockneten Garten mit seinem gelben Gras, das sie geflissentlich übersahen.

Sie hatten Glück: Es gab um neunzehn Uhr einen Zug Paris–München mit Schlafwagen, der früh am nächsten Morgen in München eintraf. Wirklich ein Glück, denn das Gewitter, das sich über Paris zusammenzog, schickte unablässig regenschwere, grollende schwarze Wolken zum Sturmangriff, und ihre ungezähmten Kohorten, die gen Osten und den Schwarzwald flogen, würden das Flugzeug, lange bevor es München erreicht hatte, eingeholt haben. Schwefelgeruch lag in der Luft, und am Himmel stand ein fahles, gelbrotes Licht, das François ihretwegen in Unruhe versetzt hätte. Und während er ihr den Koffer in den Zug brachte und auf der Gepäckablage verstaute, beglückwünschte er sich zu diesen Zufällen, selbst wenn er nicht mehr recht wußte, für welchen er verantwortlich war.

Während er auf dem Bahnsteig stand und auf

die Abfahrt des Zuges wartete, sah er Sybil an, die
ihn von ihrem Abteil aus durch die Scheibe an-
lächelte; und er rief ihr zu und schrieb mit dem
Finger auf die beschlagene Scheibe: »Ruf mich an,
wenn du da bist!« Dabei vergaß er, daß dieser
Telefonanruf ihn unter Umständen gar nicht errei-
chen würde oder daß er nicht allein sein würde.

Der Zug keuchte wie ein großer Hund, stieß im
Vorgefühl kommender Müdigkeit einen tiefen
Seufzer aus, schüttelte sich, setzte sich in Bewegung und fuhr langsam aus dem Bahnhof. Und
auf dem Bahnsteig stand François, der den Arm zu
früh zum Winken gehoben hatte.

Als er aus dem Bahnhof trat, hatte die Schlacht
da oben so richtig begonnen: Blitze schossen über
den Himmel, der Donner grollte und stürzte sich
mit Getöse von den Dächern. Ein Ozongeruch, ein
Geruch nach Land, Gras und feuchtem Holz stieg
jetzt aus der Stadt auf, einer Stadt in Habtachtstel-
lung erstarrt, weißer und schwärzer als gewöhnlich, was auf Regen hindeutete. François begann
zu laufen, um nicht in einen Guß zu geraten, aber
es erwischte ihn – der Platz vor dem Bahnhof war
einfach zu groß –, bevor er sich unterstellen konnte. Was da in dichten Tropfen niederging, war
kein lang anhaltender Regenfall, sondern ein kurzer Platzregen, gestreng und mit jener Heftigkeit
und jenem gleichförmigen Geräusch von »Schlä-
gen«, die die Elemente zuweilen für die Menschen
bereithalten, die sie herausfordern.

In dieser Sintflut bekam François mehr Wasser

ab als je in seinem Leben, und völlig durchnäßt kam er in seinem Haus am Boulevard du Montparnasse an. Es war hell erleuchtet und leer und traurig wie immer, wenn Sybil nicht da war. Er sah sich um, setzte sich ans Fußende des Bettes, bedauerte sich im stillen und suchte sich dann irgend etwas zum Abtrocknen. Danach zog er sich um. Seit einem Monat hatte Sybil es endgültig aufgegeben, sich um seine Sachen zu kümmern, weil er, wie sie sagte, all ihre Bemühungen zunichte mache. Er führe sich wie ein pubertierender Junge auf oder wie ein Mann, dem jegliche Achtung vor den Mühen anderer abging, kurz, es komme nicht mehr in Frage, daß sie noch weiter vergeblich hinter ihm herräume!

Einen dunklen Anzug, in dem er sich sehen lassen konnte, hatte er immerhin noch in Reserve; er trug ihn bei Theaterpremieren, Diners mit ausländischen Verlegern und vor allem bei Erstkommunionen, die Jahr für Jahr in Sybils Familie stattfanden. Diese bestand aus neununddreißig Erwachsenen und ungefähr sechzig Kindern (dreißig Poitevinern und ebenso viele Slawen), die alle ihr eigenes Leben lebten, aber auch stolz auf diese erstaunliche Fruchtbarkeit waren. »Ich habe eine Familie wie die Karnickel«, sagte Sybil zu François. Bei jeder Geburt rief sie staunend aus: »Ich habe eine Karnickelfamilie, weil diese Karnickel so fromm sind: Sie sprechen schlecht Französisch, und Fernsehen ist auch nicht ihr Ding, da haben sie keine andere Abwechslung als die Liebe, und als praktizierende Katholiken tun sie nichts, um die Früchte der Liebe zu verhüten. Ich glaube sogar, meine beiden Schwägerinnen kriegen ihre Kinder um die Wette! Verrückt, nicht? Ich finde das gräßlich. Ihren Männern hängt die Liebe schon zum Hals raus.« Sie selbst hatte eine sehr behütete Jugend unter alten Lindenbäumen, schon damals völlig altmodisch, denn ihre erste Liebe war auch ihr erster Geliebter gewesen.

9

Es war halb acht Uhr abends; zwischen halb neun und neun war er mit Mouna in ihrer Wohnung verabredet. Um Viertel vor neun stieg er die Treppe hinauf, warf einen Blick in den Spiegel, fand sich ziemlich elegant, trotz dieses quietschenden Geräuschs in seinen Schuhen, das sich von Stufe zu Stufe wie ein Echo fortsetzte. Er klingelte, und ein Lächeln ging über sein Gesicht, denn plötzlich freute er sich, Mouna, diese gute alte Freundin, wiederzusehen. Sie öffnete ihm in einem klassisch geschnittenen, dunklen Wollkleid, das ihr wunderbar stand, ein Kleid *comme il faut*, eines, das irgendwie an Familie erinnerte, sagte er sich.

Liebenswürdig bat sie ihn, im Salon Platz zu nehmen und bot ihm einen Whisky an.

»Kein Bismarck heute«, sagte sie lächelnd, »der gute Kurt ist nicht da.«

Bismarck konnte er sich also für heute abschminken. Sich selbst goß sie einen Sherry ein, setzte sich ihm gegenüber, und dann begannen sie mit der größten Selbstverständlichkeit über Theater zu reden, so als wären sie am Tag zuvor noch zusammengewesen und als beruhte ihre wechselseitige Wertschätzung auf nichts anderem als ihren Gesprächen. François fand die Wohnung noch genauso angenehm, nur eines fehlte: der Reispuder, der wahrscheinlich seinem Schnupfen zum Opfer gefallen war und nach dem er von Zeit zu Zeit schnupperte, indem er die Nase hochzog. Das war nicht die feine Art, aber Mouna, die mit Begeisterung und Sachverstand über das Stück sprach, achtete nicht darauf.

»Es ist ein schönes Stück, wissen Sie, aber düster, und – wie soll ich sagen, sehr ... sehr schlecht konstruiert. Finden Sie nicht auch?«

»O ja, ja«, pflichtete er ihr bei. »Seit fast einem Jahr mühe ich mich ... mühen wir uns damit ab, ihm ein wenig – wie soll ich sagen? Leichtigkeit zu vermitteln. Und je mehr Qualitäten man an ihm entdeckt, desto weniger gelingt es, dem Stück Schwung zu geben. Sehr deprimierend.«

»Es müßten einige einschneidende Kürzungen vorgenommen werden«, schlug sie vor, »das wissen Sie selbst, denke ich. Ganz bestimmte Kürzungen, ja. Und wie wir schon besprochen haben, müßte man an der Hauptperson und ihren Motiven etwas ändern. Man müßte ihn von seinem Sockel herunterholen, seine Lächerlichkeit hervorheben. Meinen Sie nicht? Und was sagt, äh, Sybil dazu?«

Sie hatte einen Augenblick geschwankt, ob sie Mademoiselle Delrey oder Sybil sagen sollte, und sich schließlich für den Vornamen entschieden. So, wie sie ihn François nannte.

Wer sagt's denn, dachte er, die Dinge wurden klarer: das Stück und die guten Beziehungen. Aber all das langweilte ihn auch tödlich. Er hatte Lust, Dummheiten zu machen, in ein altes russisches Nachtlokal tanzen zu gehen, sich draußen, weiß der Teufel wo, herumzutreiben. Er hatte Lust zu tanzen – in Berlin oder anderswo, aber Tango!

»Ich muß gestehen«, räumte er unvermittelt ein, »daß das Stück mich immer angeödet hat. Ich selbst habe Sybil gesagt, daß es unspielbar ist, daß wir die Finger davon lassen sollten. Um ehrlich zu sein, als sie vorhatte, es umzuschreiben, habe ich irgend etwas von Sakrileg gefaselt, solche Angst hatte ich, ich müßte mit allem wieder von vorn anfangen. Verstehen Sie mich?«

»Was soll das heißen? Sie wollten nicht, daß sie es umschreibt? Obwohl Sie wußten, daß es nur diese eine Lösung gab, wenn ich das richtig verstehe? Ah«, sagte Mouna indigniert, »diese Intellektuellen! Ihr Intellektuellen, nein, so was.«

Und resigniert warf sie ihren Kopf zurück, als hätte sie ihr ganzes Leben umgeben von wahnwitzigen und widersprüchlichen Intellektuellen verbracht.

»Sagen Sie dieses Wort nun gereizt, bewundernd oder ironisch?« erkundigte er sich.

»In Ihrem Fall, mein lieber François, sage ich es voller Achtung und Zuneigung. Sehr, sehr viel Zuneigung. Doch, doch, glauben Sie mir, Zuneigung, Achtung und ...«

Da stieg etwas auf in François' Kehle, erhob

sich in seinem Blut, etwas so Überwältigendes, und von daher schon wieder komisch, etwas nicht Vorhersehbares, etwas, was man nicht zu bereuen brauchte, was man sich aber auch nicht erklären konnte.

»Sprich bitte nicht in diesem Ton mit mir«, stieß er mit ausdrucksloser Stimme, aber so deutlich wütend hervor, daß Mouna auf ihrem Sessel zu-rückzuckte. Als bekäme sie es sogar mit der Angst zu tun, hielt sie sich unwillkürlich die Hand vors Gesicht, so als wollte er sie schlagen und sie müßte sich schützen.

Mein Gott, die Frau leidet offenbar unter Verfolgungswahn, sagte er sich. Aber sie hatte recht, denn ihm wurde klar, daß er sie nur wenige Augenblicke zuvor hätte schlagen mögen, und sogar gerne. Er war ganz benommen, wollte sich schämen, konnte es aber nicht, er fühlte sich ihr gegenüber schuldig, aber nicht sich selbst gegenüber. Denn eine Frau schlagen, war für ihn immer der Gipfel der Mittelmäßigkeit bei einem Mann gewesen. Es sei denn, dieser reichte seinem Opfer nur bis zum Kinn.

Schweigen trat ein, aber kein betretenes Schweigen, denn ihre Verstimmung war leicht aus der Welt zu schaffen. Es war ihre Sache, ob sie die Wahrheit ertragen konnte oder nicht: daß er nämlich nicht in sie, sondern in Sybil verliebt war. Und seine Sache war es, ob er ihre Reaktion ertragen konnte, die lauten mochte: »Das ist mir völlig egal, das interessiert mich nicht. Laß uns doch

klar und logisch bleiben.« Das war der Stand der
Dinge, und sie wußte es doch schon länger als er.
Er begann zu lachen und tätschelte ihr die Hand.
Es war keine Herablassung und keine Nervosität
dabei: Er tätschelte ihr die Hand, und die
Langsamkeit und Zärtlichkeit, mit der er seine
Hand auf der ihren ließ, hatte nichts lässig Unge-
niertes. Schließlich waren beide äußerst empfind-
lich.

»Wo wollen Sie heute Abend essen, François?« ließ
sich, begleitet vom Klirren der Gläser und
Eiswürfel und dem Knall eines Korkens, Mounas
Stimme aus dem kleinen Salon vernehmen, was
seine wohltuende Wirkung auf François nicht ver-
fehlte, denn er fühlte sich jetzt ernstlich krank.
Natürlich war niemand da, um ihn zu pflegen,
außer dieser Frau, die offensichtlich bereit war, ihm
in Ermangelung von Bismarcks Medikamente zu
verabreichen!
    »Haben Sie Durst?«
    »Ich habe noch nie so einen Durst gehabt.«
    »Nach all dem Wasser, das Sie abgekriegt
haben?«
    Unglaublich! Und obendrein lachte sie noch!
    »Hier bitte, François, das ist ein ordentlicher
Whisky. Nein, Spaß beiseite, Sie sollten ein wenig
Aspirin dazu nehmen. Sie sind ganz rot und haben
Ringe unter den Augen. Los, raffen Sie sich auf!
Wir gehen zu Dominique.«
    Sie stieg vor ihm die Treppe hinunter, trällerte

die Melodie eines Volksliedes und zeigte, als sie
auf dem Bürgersteig standen, auf einen dunklen,
vom Regen noch glänzenden Wagen.

»Können Sie fahren, François?«

Er warf einen fragenden Blick auf den prächti-
gen Mercedes, den das Alter nur gerade so sehr
mitgenommen hatte, daß er elegant wirkte. Er war
olivschwarz, lang und roch innen auffällig stark
nach Leder.

»So eine Maschine habe ich schon lange nicht
mehr gefahren«, gab er ehrlich zu, bevor er sich
ans Steuer setzte.

Sie zuckte mit den Schultern. Es war klar, für
sie waren Straßen, Kilometer, Autos, Mautstellen,
Tankstellen Männersache. Er fand recht schnell
alle Hebel und Knöpfe, außer dem für den Schein-
werfer, den Mouna wortlos einschaltete, als sie sah,
daß er ihn suchte. Sofort fuhr er los, schoß wie ein
Pfeil über den Rond-Point und die Place de la
Concorde, bog in den Boulevard Saint-Germain
ein mit seinen vom Staub blaugrün verfärbten
Bäumen. Mouna, auf einmal begeistert, fand Paris
wunderbar.

Und wirklich, wenn man nach dem sintflutar-
tigen Regen plötzlich einen nachtblauen, leeren
und reingewaschenen Himmel entdeckte, einen
Himmel, den Engel in reumütigem Eifer gehobelt,
getrocknet und geglättet hatten, einen Himmel,
der so glatt war wie eine Schlittschuhbahn und
zugleich auch romantisch und milde, kurz, daß
nach dem schweren Gewitter dieser Anblick Herz

und Horizont weitete und sich ein Gefühl der Genugtuung regte, das einem Glücksgefühl sehr nahekam. (Jenem konfusen, seltenen, unerklärlichen und absurden Glücksgefühl; jenem ebenso körperlichen wie poetischen Glücksgefühl, aus diesem Wahnsinn heraus entstanden zu sein, aus diesen Sternspiralen, diesen gigantischen Wirbeln, die Ergebnis vorausgegangener tausendfacher Zerstörung sind; das Glücksgefühl, Teil dieser wilden, unbegreiflichen und unverstandenen Welt zu sein.) Und manchmal glaubte er, das widersprüchliche Zusammenspiel der verrinnenden Zeit und seines träge dahinfließenden Lebens zu spüren. Er fühlte sich alt, kindisch und verletzlich. Und er sagte sich amüsiert, daß auch Mouna dieser doppelten Strömung ausgesetzt war, sah man einmal davon ab, daß sie schon sehr viel länger als er jung und alt war, das heißt älter natürlich und demzufolge stärker und glaubwürdiger.

Diese dunklen Ahnungen unter klarem Himmel kamen ihm nicht auf dem Weg zu Dominique, sondern auf dem Rückweg, nachdem sie sich dort mit zahlreichen Wodkas zugeprostet hatten.

Doch nicht nur der Wodka hatte seine gewohnte Wirkung erzielt; etwas anderes stand ihm darin nicht nach, und das mußte wohl die Zuneigung sein. Schließlich hätte dieses Abendessen durchaus das hundertste seiner Art sein können, das sie gemeinsam einnahmen, und hundert weitere hätten folgen können, alle gleichermaßen beliebig und harmlos aus der Sicht irgendeines Dritten.

Er stieg aus dem Wagen, ging um ihn herum und half Mouna beim Aussteigen. Er nahm ihren Arm und begleitete sie bis zur Toreinfahrt, wo sie sich zu ihm umwandte. Das diffuse Licht der neuen Pariser Straßenlaternen war ausnahmsweise sehr schmeichelhaft.

Er beugte sich vor, küßte sie auf den Hals und zog mit seiner leider völlig verstopften Nase die Luft ein. Vergeblich. Er roch nichts, bekam keine Luft, sah sie nur undeutlich. Er fühlte sich wie ein lahmer, besoffener, alter Gaul.

»Ich fahre nach Hause«, sagte er sehr schnell. »Ich habe einen fürchterlichen Schnupfen. Da rechts ist ein Taxistand, nicht wahr?«

»Gar nicht weit«, bestätigte sie mit ihrer ruhigen Stimme. Und sie stellte sich auf die Fußspitzen, küßte ihn freundlich aufs Kinn, kramte ihre Schlüssel aus der Tasche und schlüpfte in die Halle, wo sie sofort verschwand. Und François machte sich auf die Suche nach einem Taxi; er hätte nicht sagen können, ob er einen gelungenen oder einen verpatzten Abend verbracht hatte.

Mouna Vogel war wahrscheinlich noch unsicherer als er, denn als sie schließlich in ihrem Schlafzimmer stand, betrachtete sie sich eine Zeitlang teilnahmslos im Spiegel, in ihrem schicken, noblen Kleid, mit ihrer einfachen und entzückenden Halskette, in diesem ganzen wohlerzogenen, eleganten und vornehmen Look, den sie sich für diesen Tag ausgesucht hatte. In dem sie sich aber nicht mehr sehen lassen würde, niemals mehr.

10

Das Telefon blieb stumm, und François, der nicht einschlafen konnte und fröstelte, verging die allumfassende gute Laune, die er eben noch gehabt hatte. Eine Art nächtliche Melancholie befiel ihn, die noch düsterer wurde, wenn er den von einem fahlen Licht nur spärlich beleuchteten Rasen betrachtete. Obwohl er sich vorgenommen hatte – trotz der Mißverständnisse zwischen ihm und Sybil –, diesen Abend in aller Unschuld zu beenden, gestand er sich ein, daß er sich heute ziemlich unausgefüllt fühlte; es war ihm jene Kraftquelle abhanden gekommen, jener auf die Zukunft gerichtete Antrieb, den jedes zeitlich begrenzte Projekt hervorbringt, selbst wenn es nicht klar umrissen ist. Übrigens war das nicht seine Schuld, sagte er sich, Mouna hatte ihr Techtelmechtel mit keinem Wort erwähnt. In bourgeoiser Aufmachung hatte sie mit ihm allein zu Abend gespeist, ihn aufs Charmanteste unterhalten, war aber ganz unnahbar geblieben. Sobald es anstandshalber ging, war sie nach Hause geflüchtet. Nein, sie hatte sich vielleicht einen Augenblick für ihn interessiert, aber dieser

Augenblick war sehr kurz gewesen, offenbar sehr direkt und ohne Fortsetzung. Oder waren ihr die Dinge zu kompliziert, weil es in seinem Leben eine Sybil gab. Oder aber war es wirklich das besagte Stück, von dem sie träumte wie eine Intendantin, die von ihrem Beruf besessen und für einen Erfolg zu allem bereit war? (François hatte einen solchen Menschen noch nie kennengelernt; die Schauspielerinnen mochten für eine Rolle alles tun, die Regisseure für einen Film, die Intendanten aber, von Kosten und Steuern in die Enge getrieben, mußten sich eher mit wirtschaftlichen als mit künstlerischen Problemen befassen und hatten die Fähigkeit zu rückhaltloser Begeisterung verloren.)

Und dann existierte das Stück, so wie es Mouna vorschwebte, noch gar nicht. Ganz davon abgesehen, daß Sybil auch den Änderungen zustimmen mußte. Nein, strenggenommen war nicht zu erkennen, welches berufliche Interesse Mouna hätte haben können, mit ihm zu dinieren. Es mußte ihm wohl genügen, daß er ihr auf jenem Diwan, vielleicht dank der Bismarcks, offenbar für einen kurzen Augenblick gefallen hatte. Da es aber diesmal an Cocktails und auf ihrer Seite an Lust gefehlt hatte, war halt nichts weiter gewesen. Und er selbst, hatte er heute abend überhaupt Lust auf sie gehabt? Er überlegte. Eigentlich schon, wenn er sie nur auch bei ihr gespürt hätte, wenn er das Gefühl gehabt hätte, für sie zu existieren und nicht nur an einem Abendessen teilzunehmen, das im Grunde bereits vorbei war. Und wenn er nicht zugleich das Gefühl gehabt hätte, eine Rolle zu spielen, die schon geschrieben war, bei der er nur seinem Text zu folgen brauchte, ohne eingreifen zu können. Na, um so besser, denn er hatte dem nichts hinzuzufügen. Er hatte schon Ärger genug mit Sybil und seinen eigenen dummen Lügen gehabt, auch ohne daß er sich damit amüsierte, aus purer Eitelkeit die ganze Geschichte noch zu vertiefen.

Er saß an seinem Arbeitstisch; die Zeit schien stillzustehen, doch noch immer hatte er für *Die Aktualität* seinen wöchentlichen Artikel über die UNO–Politik nicht geschrieben. Er war wütend geworden, als er mit dem Herausgeber der Zeitung über dieses Thema sprach. Früher hatte er sich verhaspelt, wenn er in Rage geriet, und seine Argumente noch einmal vorgetragen. Jetzt aber war die Rage eine Art Antriebskraft, die ihm beim Schreiben half, wahrscheinlich, weil er die Wut und die Abscheulichkeiten, die sie auslösten, leichter ertrug. Er wurde alt. Er beugte sich wieder über seine Maschine. Er trug seinen zerknitterten Morgenmantel, der Rücken tat ihm weh und noch mehr der Nacken, wie immer, wenn er an diesem Tisch arbeitete. Ein kalter Luftzug kam durchs Fenster. Er vermißte Sybils Gegenwart, sie fehlte ihm mit ihrem Haar, das ihr Profil und ihre hohen Backenknochen verdeckte, mit ihrem ruhigen Atem.

Er legte sich wieder hin. Bevor er in den Verlag ging, mußte er unbedingt schlafen, und wenn es

100

nur zwei Stunden waren. Er streckte sich aus, und in einem Anflug von Kindlichkeit legte er sich mit dem Kopf auf Sybils Kissen, das neben seinem lag. Doch sein Schnupfen war unparteiisch: Er roch nichts, keine Spur von Parfüm, nichts, er spürte nur die gewebte Oberfläche des Kopfkissenbezugs und rollte auf seinen Platz zurück.

»Hallo? Kann ich bitte Monsieur Rosset sprechen?« Die Stimme war François fremd, als er sie aber erkannt hatte, kam sie ihm beruhigender und vertrauter vor als irgendeine sonst.

»Mouna«, sagte er.

»Sie schlafen noch nicht?«

Er warf einen Blick auf seine Armbanduhr: Es war halb zwei. Um Mitternacht waren sie auseinandergegangen. Das war oder wäre keine allzu kurze Nacht gewesen, und sie hätten noch genug Zeit zum Schlafen gehabt. Doch das schien sie nicht bemerkt zu haben.

»Natürlich schlafe ich noch nicht.«

»Ich wußte, daß es Ihnen so gehen würde wie mir, daß Sie nicht schlafen können. Seit ich wieder zu Hause bin, laufe ich in dieser ›intimen und luxuriösen‹ Wohnung herum«, sagte sie mit einem so bewundernden und dümmlichen Ausdruck in der Stimme, daß François stutzig wurde. Doch dann fuhr sie fort: »Adrien Lecourbet, dieser Blödmann, erzählt das jedenfalls überall herum. Der Innenarchitekt, natürlich«, erläuterte sie in bekümmertem Ton, was ihn zum Lachen brachte.

101

»Warum haben Sie keinen anderen genommen?
Er ist allerdings sehr hübsch, Ihr Lecourset. Ich
verstehe zwar nichts davon ...«

»Ich auch nicht!« antwortete sie. »Das ist ja das
Tragische. Und Lecournet ist so froh, daß ich
nichts dagegen habe, wenn er seine Begeisterung
überall hinausposaunt. Dabei muß der arme
Lecourtet immer diskret sein und so tun, als wisse
er von nichts. Was für ein Beruf!«

»Ihr Innenarchitekt heißt Lecourset.«

»Lecourset!« rief sie aus, als sei Lecourset aus-
gefallener als ihre Lecournets oder Lecourtets.

Und sie lachte laut auf. François beneidete ihre
Nachbarn in der Avenue Pierre-Ier-de-Serbie:
Nichts mochte er so sehr wie das nächtliche
Lachen einer Frau.

»Ende des Monats möchte ich zur Einweihung
der Wohnung und des Theaters eine Abendgesell-
schaft geben.«

Sie wurde wieder melancholisch. »Alte Freunde, neue Männer und alles, was ... alles, was ...«

Er fragte sich, was er wohl vorhin bei Dominique getan haben würde, wenn sie diese verzwei-
felte Fröhlichkeit, die ihm plötzlich das Herz
zusammenschnürte, offen gezeigt hätte.

»Sind Sie traurig?« fragte er.

»Nein, nur ein bißchen deprimiert, heute
abend«, erwiderte sie in einem so aufrichtig ent-
schuldigenden Ton, daß er unwillkürlich den Arm
hob und und die Hand mit der Innenfläche nach
oben ausstreckte, als wollte er all ihre Entschuldi-

102

gungen, auf die er doch keinen Anspruch hatte,
zum Schweigen bringen. Als hätte sie diese Hand
und diesen Arm, die ganz Hingabe waren, sehen
können.

»Immerhin«, fuhr sie mit leiserer Stimme fort,
»haben Sie mich bei Dominique ganz schön zum
Lachen gebracht. Ich lache nämlich gerne«, fügte
sie mit jener stillen Zufriedenheit hinzu, die auch
Menschen, die gerne essen und einem bestimmten
Gericht zuliebe gern einen Umweg machen, in ein
solches Geständnis legen können.

»Ich auch«, gab er nach einem Augenblick des
Zögerns zu.

Er stellte fest, daß seine Gedanken und seine
Gesten nicht recht zueinander passen wollten. Er
lächelte ins Leere, merkte, wie sich sein Mund ver-
zerrte, seine Nase krauszog; und dann nieste er
kräftig, und gleich ein zweites und ein drittes Mal.
Durch die Fenstertür, die sich geöffnet hatte, kam
ein Luftzug, und einige heftige und unangenehme
Schauder überliefen ihn, während er mit der rech-
ten Hand unter den Laken nach Papiertaschen-
tüchern kramte, die er vorhin dort verstaut hatte.
Von Zeit zu Zeit war Mounas beunruhigte und
zwitschernde Stimme am anderen Ende der
Leitung zu hören, wenn François gerade nicht nieste. In Rom hatte er es einst auf zweiundzwanzig
Mal gebracht. Warum in Rom? Er wußte es nicht
mehr.

»François, atmen Sie tief ein und dann langsam,
ganz langsam wieder aus. Strengen Sie sich gefäl-

103

ligst ein bißchen an, Ihr Atem muß sich beruhigen.«

Er hörte nicht auf zu husten und rang inzwischen nach Luft: eine anständige Bronchitis oder gar Lungenentzündung. Mutterseelenallein würde er auf diesem zerwühlten Bett sterben, in diesem zerknitterten Morgenmantel, in diesem eiskalten Zimmer. Gleichzeitig wußte und fühlte er, wie schon immer, daß er unsterblich war.

»Heute morgen ist meine Heizung ausgegangen«, sagte er schließlich. »Es ist kalt hier.«

»Wo ist denn Sybil?«

Ihr Ton war streng. Sie nahm Sybil übel, daß sie sich nicht besser um François kümmerte. Die Frauen waren wirklich zu merkwürdig.

»Sie ist, Gott sei Dank, in München«, sagte er besänftigend. »Sonst hätte ich sie in ein Hotel bringen müssen.«

»Dann müssen Sie eben allein in ein Hotel gehen. Sie holen sich noch ein Virus.«

»Kommt gar nicht in Frage! Ich friere, ich bin deprimiert, aber hier in meinem Schlafzimmer bin ich gut aufgehoben. Bei dem Wind gehe ich doch nicht auf den Boulevard, nur um in einem trübseligen Loch zu landen, wo ich nicht einmal einen Freund habe. Vielen Dank.« Er fand selbst, daß er dick auftrug: Noch nie hatte er eine Frau mit solch jämmerlichen Argumenten und solchen Übertreibungen erpreßt, eine Frau, die er vor zwei Stunden bewußt unbekümmert und aus freien Stücken verlassen hatte.

104

»Gut«, sagte sie resigniert, »nehmen Sie ein Taxi und kommen Sie her. Ich habe zwei Schlafzimmer und vitaminhaltiges Aspirin; und vor allem eine gut funktionierende Heizung. Ich wohne immer noch Nummer 123-B, fünfter Stock.«

»Danke.«

Er konnte nicht umhin, sich zu seinem kindischen Manöver und seiner Dickschädeligkeit zu gratulieren, und auch zu der Lasterhaftigkeit, die er jetzt brauchte – es war zwei Uhr in der Früh –, um wieder zu dieser Avenue am anderen Ende von Paris zu fahren, in einem Zustand der Auflösung, der Müdigkeit und Unentschlossenheit. Im allgemeinen hegte er keine besondere Wertschätzung, noch Vorliebe oder auch Verachtung für seine Person, aber er hatte seine Anfälle von Verrücktheit und geistiger Verwirrung immer an sich gemocht und sie fast bewundert, denn sie hatten ihn zum wichtigsten Komplizen seiner Phantasie, zum treuen Publikum seiner Komödien gemacht, das über seine Begeisterungsschwünge ebenso staunte, wie es skeptisch hinsichtlich seiner Talente war.

Er zog einen Rollkragenpullover über seinen Schlafanzug, falsch herum, fluchte, drehte ihn um den Kopf, sah nichts mehr, fiel aufs Bett und gelangte schließlich keuchend und außer Atem bis zur Haustür. Er mußte wieder zurück, um ein Taxi zu rufen, wartete eine halbe Stunde draußen und fühlte sich dem Tode nahe.

Als Mouna ihm die Tür öffnete, fiel er ihr praktisch in die Arme. Sie zog ihn an der Hand zu ei-

nem Gästezimmer, in dem ein kleines Holzfeuer
brannte. Er hatte sich aufs Bett gesetzt, sah in die
Flammen, fror nicht mehr, hatte keine Angst
mehr und kein Bedürfnis mehr zu niesen und zu
husten, er war nicht länger allein und unglücklich. Mouna, die mit einem Grog, halb Tee, halb
Rum, zurückkam, sah in ein Gesicht, das sich ihr
entspannt, fiebrigglühend und voller Dankbarkeit
zuwandte. Sie trug einen Morgenrock aus pflau-
menblauer, glatter, weicher Seide; und wie selbstverständlich blieb sie vor ihm stehen, als er den
Arm nach ihr ausstreckte. Er drückte seine Wange
an ihren Körper, zog sich die Vorderteile ihres
Morgenrocks über den Kopf, und im duftenden
Dunkel dieses improvisierten Zeltes sog er tief den
Duft von weicher Haut und Reispuder ein.

11

Das Zimmer ging auf einen stillen Hof hinaus, einen Hof, der ausschließlich von dummen, geschwätzigen Tauben bewohnt wurde, die in den frühen Morgen hineingurrten, der schon durch die Fensterläden sah. Man spürte, daß die Mauern dick und massiv waren, wie überall in diesem Viertel der Plaine Monceau, in dem er selbst groß geworden war. Er war in einem Bett dem Fenster gegenüber aufgewacht, auf der Seite liegend, mit angezogenen Knien und mit einer Schlafanzugjacke bekleidet, die ihn warm hielt und ihm Gesellschaft leistete. Jedenfalls hatte er kein Fieber und auch keine Migräne mehr. In seinem Rücken fühlte er ein friedliches Wesen, Mouna, die ihn mit offenen Armen in ihrer Wohnung empfangen, ihn gewärmt, gepflegt und ihm Lust verschafft hatte. Die Vorstellung, daß sie auf der anderen Seite des Bettes lag, rührte ihn und rief in ihm ein seltsames Gefühl von Zärtlichkeit und Dankbarkeit hervor, das nichts mit lüsterner Leichtfertigkeit zu tun hatte; und was noch viel merkwürdiger war, plötzlich hatte er ein Bild »im altertümlichen Stil« vor Augen, naiv und fromm wie ein Gemälde von Millet. »Im altertümlichen Stil«, Mouna als Schäferin und er als Schäfer im Bois de Boulogne um sieben Uhr abends zum Angelusläuten: Er hat seine Mütze abgenommen und sie ihr seidenes Hermès-Kopftuch; und beide warten mit gefalteten Händen, daß sie endlich zu ihr gehen und ihren Bismarck trinken können. Er konnte ein unpassendes Lachen nicht unterdrükken: Diese krausen Gedanken hätten Mouna abgeschreckt, je wieder mitten in der Nacht einen Intellektuellen bei sich aufzunehmen. Er schloß die Augen, versuchte, wieder einzuschlafen. Aber das Gurren der Tauben draußen wurde lauter, wie ihm schien, und regte ihn auf.

»Was für dämliche Viecher, diese Tauben«, murmelte er ganz leise, als seien sie zu dritt im Bett: Mouna, bei der er sich über die Tauben beklagen konnte, ein Unbekannter, dessen Schlaf nicht gestört werden durfte, und er selbst. Oder er scheute sich vielleicht, ohne recht zu wissen warum, Mouna aufzuwecken. Wie spät mochte es sein? Jedenfalls würde Sybil, wenn überhaupt, erst am Abend zurückkommen. Als er gestern wieder hierher fuhr, hatte er seine Armbanduhr nicht umgebunden, und das ärgerte ihn jetzt.

Er sah vom Fenster weg, drehte sich auf den Rücken und sagte laut:»Mouna!«

Er warf einen Blick zum äußersten Ende des großen Bettes, wo er sie noch vor zehn Minuten – er hätte es schwören können – gesehen hatte; doch wie sich herausstellte, war der Platz leer.

»Also ...«, entfuhr es ihm tadelnd und zugleich beklommen.

Nervös betastete er die Stelle des Bettes und des Lakens, wo er seine Geliebte vermutete, bevor er sich schließlich damit abfand, daß sie nicht da war. Sie war weg. Er war allein in diesem Schlafzimmer mit den Tauben und seinen verqueren Gedanken und wußte noch nicht einmal, wie spät es war. Die nächsten zehn Minuten brachte er in Unschlüssigkeit zu. Natürlich konnte er aufstehen und Mouna suchen, aber abgesehen davon, daß er nur eine Schlafanzugjacke trug, die zwar lang genug war, um seine Blöße zu bedecken, aber eine Aufmachung war, in der er dem getreuen Kammerdiener aus Dortmund nicht begegnen mochte – davon also einmal abgesehen, wußte er nichts über Mounas zeitliche und sonstige Gewohnheiten und kannte ihre Wohnung nicht. Das setzte ihn allerlei – jedenfalls für Mouna – unangenehmen Begegnungen aus.

Seine Kleidungsstücke lagen wahrscheinlich in einem Badezimmer nebenan, aber welche Türe war die richtige? Er kam sich lächerlich vor und fand noch nicht einmal, daß er ein Recht hatte, sich zu beklagen, war er es doch gewesen, der darauf bestanden hatte, zurückzukommen und zu bleiben. Oder sollten solche nächtlichen Zusammenkünfte zu Mounas Gewohnheiten gehören? Und wenn sie ins Theater gegangen war und ihm nur eine Nachricht im Vorzimmer hinterlassen hatte? Wollte er den ganzen Vormittag in diesem halbeingerichteten Zimmer in Unschlüssigkeit zubringen, mit diesen abartigen Tauben und ihrem Gegurre gleich nebenan?

Gerade hatte er sich wieder – zum viertenmal – entschlossen, einen Fuß auf den Teppichboden zu setzen, als er sah, wie jemand langsam die Tür öffnete, sich hereinschlich und sie wieder schloß.

Rücksichtsvoll bemüht, seinen vermeintlichen Schlaf nicht zu stören, schlüpfte eine lautlose Gestalt neben ihm ins Bett, und der unvermeidliche Geruch von Reispuder, der ihre Ankunft begleitete, machte vollends klar, wer sie war. Erleichtert, gerührt und entzückt nahm François sie in die Arme.

Sie hatte angenehm runde und feste Formen und überall unglaublich weiche Haut. Dazu ihre liebenswürdige, frivole und höfliche Stimme, die zwar ein wenig altmodisch, aber in diesem Jahrhundert der Lautmalerei ausgesprochen wohltuend klang. Von all ihren Mängeln waren es die altersbedingten, die François gefielen. Er hatte es gut getroffen: Er empfand Zärtlichkeit für diese Frau. Wie anders, sah man einmal vom Sex ab, hätte er sich diesen Morgen und diese chaotische Nacht erklären können? Sex fand er in diesem Fall allerdings befremdlicher als Zärtlichkeit. Gegenteilige Gefühle wie Erbitterung, Verachtung und Haß hatte er nur sehr selten empfunden. Andererseits hatte er auch noch nie eine Geliebte gehabt, deren Äußeres ihn zu Rechtfertigungen genötigt hätte (dergleichen Extreme hielt er im übrigen für undenkbar). Aber wenn ein Mann es schon so einrichtete, daß er seine einzige freie Nacht mit einer bestimmten Frau verbrachte (selbst wenn es zu Beginn des Abends nur eine Möglichkeit war und er mittendrin sogar zunächst darauf verzichtete), so bedeutete die Tatsache, daß er sich am Ende bei ihr wiederfand, immerhin eine gewisse Anziehung. Und eine ganz bestimmte dazu.

In diesem morgendlichen Augenblick erklärte sie ihm mit ihrer sanften, ein wenig schleppenden Stimme – jener tonlosen Stimme, mit der sie immer sprach, wenn sie ihm etwas sagen wollte, was sie interessierte oder wirklich bewegte – in diesem Augenblick also erklärte sie ihm, daß sie ihn schön finde.

»Du bist schön, du bist so schön ...«

Er war verblüfft; zwar hatten einige Frauen von seinem Charme gesprochen, aber keine hatte sich je zu einer solchen Behauptung verstiegen. Er begann zu lachen, denn diese Übertreibung schmeichelte ihm. Und die da so übertrieb, hatte doch bisher ihre seltsame Liebesaffäre so diskret behandelt, als wisse sie nichts davon.

»Warum lachst du? Sagt dir das denn niemand? Hat dir das etwa nie jemand gesagt?«

Und nun lachte auch sie, machte sich über diese »Unwahrscheinlichkeit« lustig.

»Ich schwör's dir«, versicherte er, »kein Mensch hat je versucht ...«

»Das ist nicht wahr. Dir hat wirklich nie
jemand gesagt, was an dir so unwiderstehlich ist,
hier zum Beispiel.«

Sie legte ihre Hand auf seinen Hals und sagte
ihm mit leiser und ernster Stimme Verrücktes und
Genaues über seine Mundwinkel, die Länge seiner
Kinnlinie, die Partie über der Nase, wobei sie mit
leichtem Zeigefinger über die einzelnen Stellen
fuhr. Und während sie immer noch weiter über
sein Gesicht sprach, fühlte er, wie ihre Wimpern,
die Sybil und ihre Freundin zu lang fanden, an seinem Hals zuckten.

Dann beschrieb sie ihm seine Art, ein Zimmer
zu betreten und sich darin zu bewegen, und er zog
die Augenbrauen hoch vor lauter Überraschung
und Vergnügen und war schon wieder von einem
Gefühl der Zuneigung ergriffen, war keineswegs
peinlich berührt: Er hätte es vielleicht sein sollen,
aber seltsamerweise war ihm ihr gegenüber gar
nichts peinlich. Merkwürdig, wie leicht ihm der
Umgang mit dieser fremden Frau fiel, die sich in
einem anderen gesellschaftlichen und beruflichen
Milieu bewegte, nicht seiner Generation und
gegenwärtig auch kaum seinem Land angehörte.

»Du bist verrückt«, erklärte er.

Und plötzlich spürte er die zarten Wimpern-
schläge nicht mehr, diese beiden an seinem Hals-
ansatz zuckenden Federchen. Sie hatte den Kopf
gehoben, denn ihr war eingefallen: »Mein Gott,
du hast Hunger, du hast Durst!« Und damit brach
sie die Beschreibung Don Juans ab.

Für einen kurzen Augenblick verspürte er eine leichte Enttäuschung, während sie im Morgenrock in die Küche eilte.

Von der Sekretärin der Zeitung erfuhr er, daß Sybil am selben Abend mit der letzten Air France-Maschine zurückkommen würde. Er sagte es Mouna, die ihn bat, den Anfang der Übersetzung von *Der Platzregen*, der unter Berücksichtigung ihrer Ideen und Vorstellungen von einem Dramaturgen redigiert worden sei, mitzunehmen und durchzulesen.

»Nach Lage der Dinge besitzt Sybil allein die Rechte an diesem Text, allenfalls du noch. Wenn Sybil das Stück so gefällt, würde ich es gern in meinem Theater aufführen, doch das hängt nur von ihr ab.«

Da er Zeit und Lust hatte zu bleiben, weil ihm nicht danach war, im Haus in Montparnasse allein zu sein – morgens hatte die Putzfrau, die sie vorübergehend angestellt hatten, wahrscheinlich aufgeräumt, und er würde nur wieder Unordnung verbreiten –, ließ er sich von Mouna nicht lange bitten, machte sich's auf dem Sofa im großen Salon bequem und begann zu lesen.

Der Held des Stückes war ein weltfremder und in den Augen seiner Frau lächerlicher Mann. Er hatte eine Art sich zu geben, die Sybil innerlich stets mehr berührt hatte als ihn, was an einem männlichen Reflex liegen mochte, über den sie sehr lachen mußten. Es war eine ergreifende, aber sehr slawische Figur, die höchst zurückhaltend gespielt werden mußte, sollte sie in ihrer Willfährigkeit einem westlichen Publikum nicht unverständlich erscheinen. In Mounas Bearbeitung beziehungsweise ihrer Vorstellung war der Mann selbst schuld daran, daß er lächerlich wirkte: Er war selbstgefällig, von oben herab und spielte sich als Prophet auf, was ihn unausstehlich machte, aber auch zu lautem Lachen reizte. Seine Frau wirkte entsprechend sympathischer und der Liebhaber raffinierter, so daß man sich hätte fragen können, ob nicht diese Version der ursprünglichen Idee des Autors entsprach und ob das in seiner Reinheit so anrührende Stück, wie er es Sybil am Ende hinterlassen hatte, tatsächlich das eigentliche war. François überraschte sich dabei, wie er beim Lesen laut lachte. Dabei war die Übersetzung doch Sybils und sein Werk, und die Haare müßten ihm zu Berge stehen bei dem bloßen Gedanken an diese Entstellungen, die komisch sein sollten. Nur daß sie es auch wirklich waren. Mouna hatte in diesem wichtigen Punkte recht: Das Stück war leicht zu inszenieren (das Lachen war ja immer mehr zur eigentlichen Anziehungskraft des Theaters geworden), war gut spielbar und könnte sich wahrscheinlich ohne weiteres mehrere Monate auf dem Spielplan halten.

Mouna war ins Theater gegangen, während er immer noch las. Er schlenderte ein wenig in der Wohnung umher, was er nicht hätte tun können, wäre Kurt der Getreue nicht dagewesen, der in der

Küche irgendein verlockend duftendes Gericht zubereitete. François stellte sich spaßeshalber vor, er käme abends nach Hause und setzte sich an den gedeckten Tisch zu einem Abendessen, das Mouna für ihren Don Juan bestellt hätte. Wehmut beschlich ihn, als hätte er solch selige Zeiten nie erlebt. Tatsache war, daß seine Spaghetti »at home« und das Restaurant die beiden Brüste waren, aus denen er Lebenskraft sog. Er wußte wirklich nicht, woher Sybil nach einem arbeitsreichen Tag Zeit und Lust hätte nehmen sollen, um leckere kleine Gerichte für ihn zu zaubern.

Er besorgte ein paar frische Rosen und stellte sie in eine Vase im Vorzimmer. Sybils Verabredung mit dem berühmten Tänzer war gegen zwölf, und sie würde mit ihm zu Mittag essen vor dem Abflug. Wahrscheinlich würde sie im Flugzeug kaum schlafen und erschöpft ankommen. Er kaufte also für alle Fälle eine Pizza und ein kaltes Hähnchen. Das Haus war, gottlob, aufgeräumt. Er hatte, als er nach Hause kam, sogar noch Zeit gehabt, den Artikel für seine Zeitung zu schreiben und ihn auf Sybils Gerät zu faxen. Er überlegte lange, wohin er das Manuskript von *Der Platzregen* tun sollte: es einfach herumliegen zu lassen, wäre idiotisch, es irgendwo gut sichtbar hinzulegen, auch, denn in beiden Fällen würde er darlegen müssen, wo es herkam, und darüber hatte er sich noch keine Erklärung zurechtgezimmert. Schließlich versteckte er es unter seinen eigenen Papieren. Sybil würde nie darin herumkramen, und ihm bliebe Zeit genug, eine Geschichte zu erfinden, die Hand und Fuß hatte – mit oder ohne Mounas Komplizenschaft, die ihm am Abend zuvor noch unmöglich, jetzt aber selbstverständlich erschien. Und während François auf die Ankunft des Flugzeugs wartete, eine halbe Stunde dazurechnete, die man von Orly bis in die Stadt brauchte, nahm er sich das Manuskript wieder vor und versuchte, anknüpfend an Mounas neue Interpretation, daran weiterzuarbeiten. Mit der wörtlichen Übersetzung als Vorlage, die er mit Sybil zusammen gemacht hatte, klappte das wunderbar. Es ging sehr gut und zügig voran, und es gelang ihm, die absurde und wahnwitzige Komik herauszuarbeiten, die den ursprünglichen Text veränderte, ohne ihn zu entstellen. Seltsamerweise gewann dieser sogar an Wahrscheinlichkeit. Die Naivität der ersten Version erschien ihm weniger originell als der Zynismus, der an ihre Stelle trat. Punkt neun sprang er auf, verstaute alles unter seinem Papierkram und streckte sich. Während einiger Stunden hatte er das Gefühl gehabt, daß ihm die Einfälle zu einem Text, der nicht einmal von ihm war, nur so zuflogen und daß er ihn völlig neu schrieb.

Um zehn klingelte es dreimal, und kaum war das Geräusch des Schlüssels im Schloß zu hören, riß François auch schon die Tür weit auf. Ungekämmt und ungeschminkt, charmant und verjüngt fiel ihm Sybil um den Hals.

Sie sieht wie ein kleines Mädchen aus, sagte er

sich in einer Aufwallung von Zärtlichkeit und
Entzücken über ihre Schönheit. Er drückte sie an
sich und atmete ihren Geruch ein, der ihm so ver-
traut war, daß er sich am liebsten irgendwo dafür
bedankt hätte.

»Das ist aber ein Empfang!« lachte sie glücklich. »Ich war nur vierundzwanzig Stunden weg.
Wunderst du dich nicht, daß ich wieder da bin?«

»Natürlich nicht, ich wundere mich nur, wenn
du nicht da bist«, sagte er, ohne zu merken, daß
man seinen Satz auch anders verstehen konnte.

Ihr fiel das übrigens genausowenig auf, denn sie
war innerlich noch nicht ganz da. Die Anstrengung, die die letzten vierundzwanzig Stunden für
sie bedeutet hatten, die Fahrerei per Zug, Taxi und
Flugzeug, ihre Schlaflosigkeit und Müdigkeit, das
Gerangel mit dem Hotelportier und der Fluggesellschaft, das Gehetze, all ihre Bemühungen
und all ihre Hoffnungen, die im Hinblick auf ihre
langjährige Beziehung übertrieben waren, nicht
aber im Hinblick auf ihre Liebe zu ihm, lösten in
ihr einen dumpfen Schmerz aus, das Gefühl einer
Leere, den Eindruck, einem schrecklichen Schwin-
del aufgesessen zu sein – der dem Leben anzula-
sten war, keinen Augenblick aber François, seiner
Wesensart und seinem Treiben. Ein Schmerz, den
sie wie alle Liebenden aus der Vergangenheit her
kannte und der für sie daher nichts Neues war.

Sie nahm zur Erholung ein warmes Bad, ihr
bewährtes Hausmittel gegen die Müdigkeit. Und
während sie in der Wanne lag, erzählte er ihr von

seinem Artikel, las ihn vor und interessierte sich dann, neugierig schmunzelnd, für München und ihren Tänzer. In seinen Fragen schwang nicht die leiseste Eifersucht mit, unbewußt schien er den Ruf dieses Mannes als Frauenheld für übertrieben zu halten. Er wusch ihr den Rücken und war plötzlich ganz entzückt, ein so großes, gut entwickeltes Mädchen zu haben. Das sagte er ihr, und sie mußte lachen, war aber für ein Liebesstündchen nicht zu haben: Sie war erschöpft. Sie würde sogar Mühe haben, ihr Hähnchen herunterzukriegen, meinte sie. Er erhob keine Einwände. Er fand seine Lust ohnehin woanders. Das war ihm nicht bewußt, und er hätte auch nicht sagen können wo, fragte sich das nicht einmal. Aber seine Lust war anderswo.

Auf dem Boulevard du Montparnasse war von Tauben keine Spur; Amseln flogen herum, Spatzen natürlich und nachts oft eine Eule. Manchmal hörte man – oder war es Einbildung? – Möwengeschrei. Leute, die es wissen mußten, sagten, in letzter Zeit verließen die Möwen fluchtartig das Meer und all den Unrat, den es anschwemmte, und zögen sich ins Landesinnere zurück. Aber diese Vorstellung hatte etwas Abstoßendes wie all die Anomalien, die Ökologen oder irgendwelche verängstigten Erdbewohner mit scharfer Beobachtungsgabe anprangerten.

Vogelgezwitscher also störte Sybils Schlaf. Sie wachte auf und fand sich sofort zurecht: Sie war in

Paris, zu Hause bei ihrem Liebsten und in Sicherheit. Sie schloß die Augen wieder. Aber es war fast
neun. Sie stürzte ins Bad und zog sich dann ganz
leise an, um François nicht aufzuwecken, ließ aber
doch diverse Gegenstände fallen, weil sie Lust
hatte, mit ihm zu reden. Er hatte sein Gesicht im
Kopfkissen vergraben, so daß es, was bei ihm selten vorkam, nicht zu sehen war, und schlief wie
ein Murmeltier. Schließlich stahl sie sich förmlich
aus dem Haus.

Als sie fort war, hob François den Kopf. Tatsächlich war er schon lange wach, hatte aber ein
starkes Verlangen nach Schlaf, nach allein schlafen
wie auch mit ihr schlafen, und ließ seine konfusen
Gedanken in die Ferne schweifen, um sich nicht
mit Naheliegendem beschäftigen zu müssen. Er
war immer noch leicht vergrippt, und seelisches
Unwohlsein war bei ihm mit körperlichem eng
verbunden. Kurz, nur bei bester Gesundheit kam
er auf dumme oder verrückte Ideen. Wie viele
Leute fand er im Zustand der Müdigkeit prompt
zu Moral, Verantwortung und Fürsorglichkeit
zurück.

Als er sich anzog, sah er plötzlich auf dem Sessel
Mounas Pullover liegen – oder gehörte er ihrem
Mann oder gar ihrem Liebhaber? Er hatte ihn am
Tag zuvor nicht verschwinden lassen, und sein
blasses Blau sah unter der dunklen Jacke hervor.
Unglaublich! All seinen Papierkram hatte er weg-
geräumt, hatte alle Spuren dieser vierundzwanzig
Stunden getilgt, und dieses Beweisstück hatte er

119

offen liegen lassen. In aller Eile versuchte er eine möglichst plausible Erklärung zu finden: Ein Freund hatte ihm den Pullover geliehen, und er hatte ihn jetzt in einer Schublade wiedergefunden. Sybil kannte allerdings seine bescheidene Ausstattung besser als er. Ein Pullover, den er am Vortag gekauft hatte? Er untersuchte ihn genau: Das ging zur Not, obwohl das Etikett auf der einen Seite abgegangen war. Aber wo wollte er ihn gekauft haben? Irgendwo auf dem Boulevard? Ach was, bei dem Pullover wie bei allem übrigen mußte man abwarten, ob Sybil selbst darauf zu sprechen käme. Warum alles vorwegnehmen? Hatte sie den Pullover überhaupt gesehen? Nein, sie hätte ihn sofort darauf angesprochen. Sie gehörte nicht zu den Frauen, die einen Verdacht lange für sich behalten. Sie versuchte, ihn sofort aus der Welt zu schaffen.

Ohnehin mußte er Mouna vor elf zu Hause anrufen, und er wunderte sich einen Augenblick darüber, daß ihm dieser Anruf, der vorgestern noch zufallsbedingt gewesen war, heute wie eine selbstverständliche Gewohnheit erschien, aber eine Gewohnheit, die seiner Pflicht in die Quere kam.

Was tue ich da eigentlich? fragte er sich zum erstenmal, während er sich vor dem Spiegel rasierte. Er wußte es nicht, er wußte nur, daß er Sybil niemals weh tun würde. Das war seine einzige Gewißheit. »Niemals«, wiederholte er laut und mit Nachdruck und um so größerer Entschiedenheit in der Stimme, als es ihm an Überzeugung fehlte.

120

Wenn sie von Mouna erführe, von Mouna und ihm, wäre sie dann verletzt, entsetzt oder verärgert? Irgendwie wäre ihm lieber gewesen, wenn sie sich über ihn oder Mounas Alter lustig gemacht hätte. Dann hätte er bei der ganzen Sache nicht gar so schäbig ausgesehen, sie aber um so mehr. Wenn es bei früheren Beziehungen zum Bruch gekommen war, hatten es ihm die Frauen mit ihrem eifersüchtigen und rachsüchtigen Verhalten stets leicht gemacht, sich ohne allzu große Schande aus der Affäre zu ziehen.

Schließlich aber war er verstimmt wie jedesmal, wenn er für seine Fehler nicht bestraft wurde.

»Madame ist ausgegangen«, erfuhr er von Kurt dem Getreuen, »sie bittet Monsieur Rosset, sie im Theater anzurufen.«

Als er sie am anderen Ende der Leitung hatte, sprach sie etwas gekünstelt und ein wenig zu laut, wie es manche Frauen tun, wenn sie telefonieren, womit sie unweigerlich ihr Alter und ihre Generationszugehörigkeit verraten.

»Guten Tag«, sagte er, «hier ist François Rosset.«

»Ah, Monsieur Rosset«, rief sie, »was für ein Zufall. Gerade sprach ich mit unserem Freund Berthomieux von Ihnen.«

»Wirklich ein Zufall!« wiederholte er.

Und plötzlich wurde der Spötter und Schalk in ihm wach, und in einer Anwandlung von Heiterkeit, über die er sich wunderte und die ihn zu-

121

gleich beunruhigte – was sie übrigens merken mußte, die Gute –, begann er (sie war wirklich zu köstlich!): »Worüber sprachen Sie denn mit Berthomieux? Sie wissen, daß er einen sehr schlechten Ruf hat, meine liebe Mouna.«

»Wie bitte? Was sagten Sie? Ich kann Sie sehr schlecht verstehen.«

»Ich sagte, daß man ihn für ganz schön pervers hält. Sie mögen das für einen sehr männlichen Standpunkt halten, aber Ihr Körper ist mir tausendmal lieber. Ich finde Sie tausendmal attraktiver als Berthomieux, wissen Sie.«

»Schon gut, wann immer Sie wollen.« Sie schrie förmlich. »Wann?«

»Können Sie mir garantieren, daß es bei unserer Zusammenkunft gesittet zugeht? Denn ich will Ihnen nicht verschweigen, liebe Freundin, daß ich mich an die Präfektur wenden werde, falls Berthomieux sich an mir vergehen sollte. Der Präfekt ist ein Freund von mir.«

»Na gut, wir werden sehen, zu gegebener Zeit werden wir sehen ...«, stammelte sie.

»Ich komme also, wenn Sie mir schwören, daß ...«

Es gab eine Art Getöse im Hörer. Er hörte jemand schreien: »Passen Sie doch auf!«

Und unmittelbar darauf die Stimme Berthomieux':

»Hallo? Monsieur Rosset? Ich verstehe kein Wort von dem, was Mouna sagt. Können Sie nun kommen oder nicht?

Ja? Gut, das dachte ich mir schon, Monsieur Rosset. Oh, Sie haben doch sicher nichts dagegen, wenn ich Sie François nenne, nicht wahr? Und nennen Sie mich Henri, das ist viel einfacher. Ich erwarte Sie also, lieber François. Bleiben Sie bitte am Apparat ...«

Für einen kurzen Augenblick herrschte Stille am anderen Ende der Leitung, dann hörte er wieder Mounas Stimme, eine körperlose, genervte, erschöpfte, eine atemlose Stimme, wohl das, was man eine »tonlose Stimme« nennt. Er brach in Lachen aus.

»Sehen Sie? Da fängt's schon an. Ich soll ihn Henri, und er will mich François nennen.«

»Ganz recht. Bis gleich ... Ich kü ... Ich erwarte Sie«, sagte sie, wobei ihr beinahe das Ich-küsse-Sie, das ihr wie selbstverständlich auf der Zunge lag, herausgerutscht wäre.

Vermutlich ebenso schnell, wie man eine entsicherte Granate losläßt, hatte sie den Hörer aufgelegt. Und so eine hat ein Theater geleitet! Und war vermutlich über die fünfzig hinaus. So eine hatte ein wildes Leben geführt! Und hatte germanische Industriemagnaten verführt! Oh, là, là! Oh, là, là! Was ist man dagegen schon ... Vergnügt verließ François seine Telefonzelle und ging in Richtung Theater. Schon lange hatte er keine Stimme mehr gehört, in der Verlegenheit und Entzücken so nahe beieinander waren wie in der Mounas. Dabei waren seine Witzeleien eher etwas tuntig gewesen, aber komisch waren sie trotzdem. Das Dumme war nur, daß er sich nie dazu hätte hinreißen lassen, wenn er nicht ihr Liebhaber gewesen wäre. Die menschlichen Beziehungen waren schon absurd. Diese Frau hatte etwas an sich, etwas Kindliches, Hilfloses, etwas *comme il faut*, was ihn dazu verleitet hatte, eine Dummheit nach der anderen zu machen. Über diese Art von Gags hätte Sybil natürlich kaum lachen können.»Du bist doch wirklich zu blöd!« hätte sie gesagt und dabei gelächelt. Und: »Hör auf, das ist nicht mehr sehr witzig!« wenn er weitergemacht hätte. Sie hätte es wirklich so empfunden und zu Recht übrigens. Hingegen fand eine Frau in Mounas Alter so etwas unwiderstehlich, genauso wie man in der Schule den Oberfaulpelz ganz unwiderstehlich fand. Und ausgerechnet in der Rolle des Pennälers, der weder Geschmack, noch Maß noch Finesse hatte, fand sie ihn unwiderstehlich.

Zum erstenmal verglich er die beiden Frauen miteinander. Vierundzwanzig Stunden zuvor hätte er das nicht für möglich gehalten, denn da schien Sybil doch alle Trümpfe in der Hand zu haben. Er hatte das dumpfe Gefühl, daß er mit seinem unfairen Vergleich alle beide verriet. Alles, was er Sybil anlasten konnte, war, daß sie keine so dankbare Zuhörerin war wie Mouna; was nach einem zehnjährigen Zusammenleben nur allzu verständlich war. Er neigte dazu, den Weg des geringsten Widerstands zu gehen, worauf ganz offensichtlich bestimmte Mißerfolge zurückzuführen waren und vielleicht auch — wenn man an diese Art von

Formeln glaubte – der generelle Mißerfolg seines
Liebes- und schließlich auch seines Schriftsteller-
lebens.

Im Foyer des Theaters wußte er nicht, für welche
der beiden geheimnisvollen Türen zum Büro er sich
entscheiden sollte: Sollte er durch die eine gehen,
einen normalen, zwei Meter breiten Eingang, oder
durch die andere und dann einen fünfzehn Meter
langen Gang entlang. Getrieben von einer Art
Neugier und dem Wunsch, sein Erinnerungsvermögen zu überprüfen, stieß er ganz bewußt die
falsche Tür auf, steckte den Kopf hindurch und
knipste die armselige Glühbirne an; doch diese
Gesten waren geprägt von jenem Zögern und jener
Langsamkeit, die die Erinnerung eher den Gewis-
sensbissen zugesellt, so wie auch die Plötzlichkeit,
mit der er die falsche Tür schloß und die richtige
öffnete.

»Ah, da ist er ja endlich. Wir haben uns schon
Sorgen um Sie gemacht! Guten Tag, mein Lieber!«

Henri Berthomieux hatte immer Theater gespielt und nie etwas anderes tun wollen. Er hatte
die staatliche Schauspielschule absolviert und einige kleinere Rollen gespielt, war damals von ange-
nehmem Äußeren gewesen, das jedoch seltsamerweise unaufhaltsam aus der Mode gekommen war.
In den dreißiger Jahren hatte er sich einen kleinen
Schnurrbart à la Dick Powell wachsen lassen, zehn
Kilo an Muskelmasse entwickelt, sich zwei Tage,
bevor Gérard Philipe entdeckt wurde, die Haare

abrasiert und vierzehn Tage vor *West Side Story* Lederjacke und Machogehabe abgelegt, um seinen heißgeliebten *Aiglon* zu spielen. Nichts lief bei ihm.

Die verschiedenen Anachronismen, die zu früh einsetzenden Nostalgiewellen – ab 1962 zum Beispiel die der fünfziger Jahre –, die Beschränktheit dieses sich selbst konsumierenden Jahrhunderts, die andauernde und fruchtlose Rivalität zweier Jahrzehnte, die Verquickung ihrer Trends waren ihm nie entgegengekommen. Doch erstaunlicherweise hatte all das bei ihm zu Verhaltensweisen geführt, die stets wohlüberlegt waren und sich als solider erwiesen als alles, was er aus dem Impuls heraus tat. Berthomieux hatte seine Auftritte und Abgänge, gab Belanglosigkeiten von sich, als handelte es sich um scharfzüngige Repliken, zum Staunen der Uneingeweihten, die diese Platitüden plötzlich ihrer harmlosen und passenden Nichtssagenheit entrissen sahen. Ein einziges Mal nur hatte ein bedeutender Kritiker, der ein Glas über den Durst getrunken hatte, ihm in der Rolle des Monsieur Perrichon Genialität bescheinigt. Seitdem spielte er den Künstler, der sein Talent opfert, um sich der Pflege des französischen Theaters zu widmen; und allein sein Mienen- und Gebärdenspiel deutete gelegentlich diskret an, daß seine Opferbereitschaft ihm die Karriere ruiniert hatte.

»Da bin ich endlich«, wiederholte François liebenswürdig, ohne zu wissen, worum es ging. »Ich habe Sie doch nicht zu lange warten lassen?«

»Aber ganz und gar nicht. Das ist ja eigentlich schon ein altes Projekt. Ich muß gestehen, ich dachte, wir hätten es nach unserem Treffen vor sechs Monaten aufgegeben: Wir waren in keinem Punkte einer Meinung.«

Berthomieux brach in Lachen aus und fügte hinzu: »Was beweist, daß es nicht unbedingt notwendig ist, einer Meinung zu sein, um eine Entscheidung zu treffen.«

Er spitzte die Lippen so, als habe er soeben Machiavelli zitiert.

Mouna senkte die Augen, um François' Blick auszuweichen.

»Auf jeden Fall hängt alles von Mademoiselle Delrey ab«, erklärte Mouna überraschend schroff. »Ich dachte, Monsieur Rosset, unser Freund François, könnte es übernehmen, sie zu überzeugen.«

»Da sind Sie auf dem Holzweg. Ich habe keinerlei Einfluß auf Mademoiselle Delreys Urteil, der das Stück übrigens ganz allein gehört.«

Berthomieux streckte seine kurzen Arme gen Himmel. »Also sind wir doch keinen Schritt weiter seit unserem damaligen Treffen. Meine liebe Mouna, warum haben Sie von all den Stücken, die uns angeboten werden, gerade dieses ...?«

»Weil ich, verglichen mit all den Meisterwerken, die man uns anbietet, dieses in der Tat für besser halte.«

Sieh da, welche Ironie ... Sie kann also nicht nur schroff, sondern auch ironisch sein, sagte sich

127

François. Irgend etwas in ihm fühlte sich zurückgestoßen, aber ein Blick genügte, um ihn zu beruhigen: Sie war blaß und unglücklich und zerriß das Taschentuch in ihren Händen, so als spielte sie in einem Stück unter Berthomieux' Regie.

»Ich glaube nicht, daß wir Mademoiselle Delrey überzeugen können, ohne ihr nicht wenigstens eine vollständige neue Version vorzulegen«, sagte sie. »Und ich weiß nur einen, der das übernehmen könnte.«

»Darin sind wir uns einig«, antwortete Berthomieux, »aber wie steht's mit ihm, interessiert ihn eine Arbeit überhaupt, die womöglich vergeblich ist?«

»Ich überlasse Ihnen beiden diese Entscheidung«, erklärte Mouna und lächelte wie ein Frau, die in ernsten Angelegenheiten den Mann bestimmen läßt.

Bevor sie jedoch das Büro verließ, flüsterte sie ihm noch zu: »Also bis später, ich bin im Theater«, und ließ den verblüfften François bei Berthomieux zurück, der ihn mit einer herrschaftlichen Handbewegung einlud, sich vom Stuhl auf den Sessel ihm gegenüber zu setzen; auf den Ehrenplatz, wenn es denn um die Ehre und nicht um Geld gegangen wäre.

»Wir müssen mal vernünftig miteinander reden. Ich bin froh, daß Mouna uns allein gelassen hat.«

War das nun ein Kompliment, das Mounas Taktgefühl galt, oder wieder einmal eine Anspielung auf die Unfähigkeit der Frauen, ein sachli ches Gespräch zu führen? Da er nicht mit den Schultern zucken konnte, zog François die Augenbrauen hoch.

Berthomieux fuhr fort: »Wenn es, wie Mouna meint, tatsächlich nötig sein sollte, Ihrer Freundin eine neue Version vorzulegen, und Sie Zeit und Lust haben, diese selbst zu erarbeiten, dann wäre immer noch zu bedenken ...«

»Ob sie ihr gefällt oder nicht«, gab François unumwunden zu.

»Richtig. Und sollte letzteres der Fall sein, hätten Sie umsonst gearbeitet. Genauer gesagt, wir, das Theater, hätten Sie umsonst arbeiten lassen.«

»Immer noch richtig.«

François hatte sich zwischen einigen spitzeren Bemerkungen nicht entscheiden können: »Wie schrecklich«, »Wer wagt, gewinnt«, »Arbeit hält jung«, und er hatte sogar jenes Sprichwort in Erwägung gezogen, das er für das allerdümmste hielt, eines der sehr, sehr wenigen dummen Sprichwörter, dachte er, denn er war nun in einem Alter, in dem deren Wahrheit ebenso frappiert wie früher, als er zwanzig war, ihre Fadheit: »Man braucht nicht zu gewinnen, um Erfolg zu haben, und man braucht keinen Erfolg, um durchzuhalten.«

Eine allseits bekannte Lebensweisheit, deren Stupidität besonders im Theater zutage trat.

»Ich habe diesen Punkt Mouna gegenüber zur Sprache gebracht, die mir als Mitdirektorin in meinen Verhandlungen mit Ihnen freie Hand gelassen hat. Der alltägliche Umgang mit Geld führt nicht unbedingt dazu, daß die Frauen tatsächlich damit umgehen können! Das finden Sie doch sicher auch?«

»Ja«, erwiderte François, »aber nur, weil ich es nicht besser weiß: Ich habe nur sehr wenige reiche Frauen gekannt.«

»Das ehrt Sie!« sagte Berthomieux, der damit haarscharf an einer Ohrfeige vorbeischlitterte.

»Das ist nur ein Zufall, ein bedauerlicher Zufall übrigens, wie ich für meine Person finde.«

Zwischen den beiden Männern herrschte ein stillschweigendes und unmotiviertes Einverständnis, das um so erfreulicher war, da man nicht sagen konnte, worauf es beruhte. François warf Berthomieux einen Blick zu, der wie ein Seufzer war und der von Berthomieux gekonnt mit einem ebensolchen erwidert wurde.

»Also machen wir endlich Nägel mit Köpfen«, sagte Berthomieux in seiner Bilderbuchweisheit. »Ich biete Ihnen zweihunderttausend Franc, zahlbar in drei Raten: ein Drittel bei der Unterzeichnung, das zweite Drittel bei Abgabe Ihres Textes und das dritte nach Annahme dieses Textes, zum einen durch das Theater, zum anderen natürlich durch Ihre Freundin. In diesem Fall wären Ihre sechs Prozent ein Vorschuß auf die Einnahmen; andernfalls eine einfache Pauschale.«

François pfiff anerkennend durch die Zähne. Er war ein katastrophaler Geschäftsmann. »Ist Ihnen klar, daß Ihnen diese zweihunderttausend Franc vielleicht durch die Lappen gehen?«

»Das ist unser Berufsrisiko«, bemerkte Berthomieux so erhaben, daß François befürchten mußte,
Mouna allein würde dieses Risiko tragen müssen.

»Eines verstehe ich nicht«, sagte er. »Ich persönlich fand den Anfang der Bearbeitung, den mir
Madame Vogel gezeigt hat, bestechend. Darf ich
Sie fragen, warum der Autor nicht weiter gearbeitet hat? Und nicht weiter arbeitet?«

»Sie belieben zu scherzen!« rief Berthomieux.
»Das war Mouna doch selbst. Hat sie es Ihnen
denn nicht gesagt?« Er sah ganz ratlos aus.

Also, wenn es eine Gefühlsregung gibt, die er
nicht kennt, so muß es diese sein, sagte sich
François. Offensichtlich waren Unwissenheit oder
Zweifel einem Lügner widerwärtig, und François
wurde allmählich klar, daß der gute Berthomieux
eines der markantesten Exemplare dieser Gattung
war. Im engen Pariser Theatermilieu mußten es
alle wissen, alle außer ihm natürlich. Die Summe
der Dinge, die er nicht wußte, war einfach phäno-
menal, und selbst Sybil, die von einer Zurückhal-
tung geprägt war, die an Gleichgültigkeit grenzte, wunderte sich manchmal darüber.

»Die liebe Mouna«, zerschmolz Berthomieux
unterdessen vor Rührung, »unsere liebe Mouna ...
So diskret, so bescheiden ... Auf ihre Art«, fügte er
sogleich erklärend hinzu, ohne daß die letztere
Einschränkung François sehr viel Aufschluß
gebracht hätte. »Die liebe Mouna ... Wenn Sie
wüßten, mein lieber François, welch ein Leben
diese Frau ...«

François hob flehend die Hände. Er wollte nicht wissen, er wollte sich nicht vorstellen, wie Mouna sich zum Beispiel in einen bestimmten Mann verknallt hatte, zu einer Zeit, als er noch mit Murmeln spielte. Er hätte alles wissen mögen, aber ohne Zeitangaben, was eigentlich idiotisch, flegelhaft, feige, kurz verständlich war. Nein, er wunderte sich über diesen Ritter in sich selbst, der seinen Schild hob, sobald er Mounas Namen hörte. Er war nicht mehr zwölf. Wenn es jemanden zu verteidigen gab, dann war es jene große junge Frau mit dem Gesicht eines Vamp, mit dem kindlichen Herzen, der Verletzlichkeit der Gutgläubigen, der leidenschaftlichen Geliebten, eine dieser treuen und verrückten Frauen, wie sie diese Stadt manchmal in ihrem korrupten Schoß barg, eine Frau wie Sybil.

Er stand auf, streckte sich, drehte Berthomieux den Rücken zu. Dummerweise, wie er fand, machte er seit einer halben Stunde gemeinsame Sache mit ihm. Und wo war Mouna geblieben? Sie ließ ihn mit seiner Unvernunft, seiner Zukunft, mit sich selbst allein. Er mußte sich wehren, und sie half ihm nicht dabei. Gegen wen? Was? Gegen sich selbst? Er verlor den Verstand. Oder vielmehr wollte er Mouna im Guten wie im Bösen zu seiner ständigen Verbündeten machen – zu seiner Mitwisserin, deren Einverständnis er sicher sein konnte, sicher sein mußte, da er doch mit sich selbst nicht einverstanden sein konnte. Jedenfalls nicht immer. Sie sollte die Komplizin sein, die Sybil nicht sein mochte, und gerade das machte sie so liebenswert.

»Also wie ist es, können wir auf Sie zählen, lieber François?«

Berthomieux hielt ihm einige Papiere hin, auf denen auf jeder Seite *Gelesen und akzeptiert* und *Unterschrift* stand, und gleichzeitig einen Scheck über den vorerwähnten Betrag, ein umwerfender Betrag. François zog die Augenbrauen hoch und tat so, als lese er sich alles noch einmal durch, unterzeichnete dann bedächtig unter den unergründlichen, aber freundlichen Blicken Berthomieux', bevor er den Scheck zusammenfaltete und mechanisch in die Innentasche seines Jacketts steckte. Natürlich war das eine enorme Summe, denn es gab keine Gewißheit, daß Sybil die Änderungen akzeptieren würde. Natürlich hätte Berthomieux einen solchen Scheck auch auf niemand anderen ausgestellt als auf ihn, François, von dem er annahm, daß Sybil ihn liebte und daß er Einfluß auf ihre Entscheidungen hatte. Natürlich hätte Berthomieux überhaupt nichts unterschrieben und wäre ohne Mouna keinerlei Risiko eingegangen. Natürlich hatten diese Vorschläge allesamt etwas Vages, Ungenaues. Andererseits könnte er eines Tages, wenn er gute Arbeit leistete, diese Summe mit Zins und Zinseszins zurückzahlen (allein die Vorstellung von Arbeit hatte für ihn schon eine läuternde Wirkung auf alles). Für die unmittelbare Zukunft wußte er etwas, was Sybil wirklich Freude machen und sein Gewissen und seine Gefühle ihr

133

gegenüber entlasten würde: der kleine Gebraucht-
wagen, der in der Werkstatt nebenan stand, ein
Fiat, der wie ein Kinderspielzeug aussah und ein
Jahr Garantie hatte. Wenn er den kaufte, würden
ihm von den siebzigtausend Franc, die ihm das
Theater vorstreckte, noch zwanzigtausend übrig-
bleiben.

Der Gedanke an Sybils Freude – wie gern fuhr
sie Auto, hatte sich aber seit fünf Jahren nichts
mehr leisten können, was auch nur im Entferntesten nach einem Fahrzeug aussah –, dieser Gedanke befreite ihn, so schien ihm, von allen moralischen Bedenken, die er hätte haben können. Sie
könnte mit dem Auto zu ihrer Zeitung fahren,
zum Teufel, oder bis ins hinterste Neuilly, könnte
alle Strecken bewältigen, die sie von Berufs wegen
ständig zurücklegen mußte, oder um mit ihm
und ihren Freunden zum Abendessen oder ins
Wochenende zu fahren. Sie würde glücklich sein.
Aber wie sollte er ihr diesen plötzlichen Geldsegen erklären? Zumal er in letzter Zeit wie ein
Idiot über seine eigene Unfähigkeit, ihren Lebens-
unterhalt zu verdienen, gejammert hatte. Man
durfte einfach nie zu offenherzig sein, im Guten
wie im Bösen, man riskierte immer, daß man in
seiner Bescheidenheit oder seinen Ansprüchen
widerlegt wurde.

Er suchte Mouna überall im Theater, mußte sich
aber schließlich sagen lassen, daß sie schon lange
fort war. Sie hatte ihm also weder Auf Wieder-

sehen noch sonst etwas gesagt nach der Unter-
redung, die er mit Berthomieux gehabt hatte, und
das machte ihn merkwürdig traurig, so als wäre er
ein hergelaufener Schreiberling, eine Art Lakai der
schönen Literatur, von dem zu erwarten war, daß
er jeden nur halbwegs lukrativen Vertrag akzeptieren würde.

An der Vorverkaufskasse riet man ihm, zum
Café nebenan zu gehen, wo sie auch nicht war, zu
seiner großen Überraschung aber kurz zuvor tatsächlich hereingeschaut hatte, wie ihm die Besitzerin, eine Dame aus Rodez, in singendem Tonfall
mitteilte. Mit dieser hatte Mouna, eine weitere
Überraschung, ein Glas getrunken, bevor sie in
ihrem Wagen davongefahren war.

François versuchte sich zu ärgern, aber es wollte ihm nicht recht gelingen. Dumm, blöd, albern,
nannte er sich selbst, doch wie jedesmal, wenn er
sich an sie erinnerte, beruhigte ihn Mounas ver-
schleierte und kindliche Stimme und brachte ihn
zum Lachen: »Du bist schön. Warum lachst du?
Sagt dir das keiner? Du weißt gar nicht, wie
attraktiv diese kleine Falte zwischen deiner Nase
und der Oberlippe ist ...«

Er blieb auf einem Bein stehen, als hätte er
einen Schwächeanfall, und fand sich hinreißend
komisch: schön, jung und komisch. Und geliebt
irgendwie ...

12

Pfeifend und trällernd kurvte Sybil durch die zahlreichen, verschiedenartigen Flure der Zeitung. Sie hatte es sehr eilig, ohne besonderen Grund, ihr war nun mal danach. Irgend etwas in ihrem Dasein mußte dringend in Ordnung gebracht werden, ein Rhythmus, eine Art zu sein, zu arbeiten oder zu leben; irgend etwas war aus dem Takt geraten, ohne daß sie gewußt hätte, warum. Logischerweise hätte es an François liegen müssen: Er bestimmte ihren, Sybils, Lebensrhythmus. Nun war aber in der letzten Zeit nichts an ihm auszusetzen: Er war heiter, angenehm, zärtlich, ungezwungen; er lachte über das, was sie sagte, sie lachte über das, was sie beide sagten, und sie war mit ihrem eigenen und ihrem gemeinsamen Leben vollauf zufrieden. In der Tat – und das war es, was sie sich nicht erklären konnte – ließ er keine Anzeichen jener Aufmerksamkeit, Vorsicht, diffusen Angst oder Zerstreutheit erkennen, die verhindern, daß die Liebe ungeschoren davonkommt und die aus jedem Liebenden ungewollt einen eifersüchtigen Wächter über die geliebte Person machen und zugleich einen entschlossenen Kämpfer. Die Liebe war kein leichtes, überschäumendes Gefühl, davon hatte sie sich, seit sie mit François zusammenlebte, oft genug überzeugen können; aber gerade weil sie ihn liebte, sogar bis zum Exzeß liebte, beunruhigte es sie, daß die Unordnung ihrer Gefühle plötzlich so schön geregelt war und sich so leicht damit leben ließ. François der Geliebte, François der Liebende, François der Verbündete, sie alle waren da, lagen ihr zu Füßen, lauschten ihren Worten und waren darauf bedacht, ihr Freude zu machen. Keiner fehlte; oder etwa alle? Jedenfalls war irgendwer oder irgendwas in ihr auf der Hut.

Sie wußte, daß etwas vorgefallen war: Ihre vergeblichen Anrufe von München aus, damals in der Nacht und in der Stille des frühen Morgens; jener blaßblaue Männerpullover auf dem Sessel und die zwei oder drei zu hastig beendeten Telefongespräche – all das würde ihr nie aufgefallen sein, wenn sie nicht selbst oft das Thema hätte wechseln müssen, weil François auch nach der harmlosesten Lüge nicht natürlich bleiben konnte. Jedesmal mußte sie sich sofort eine Zigarette anzünden oder von etwas anderem reden. Er hatte so gar nicht das Zeug zu einem Lügner; das war geradezu rührend und hätte sogar seinen Charme gehabt, wäre es nicht manchmal so belastend und, wenn ihr ängstlich zumute war oder sie sich unsicher fühlte, beunruhigend gewesen. »Ach, die Männer!« seufzte ihre Freundin Nancy, was Sybil auf die Nerven ging, denn selbst wenn sie erschöpft war, griff sie ungern zu Gemeinplätzen.

Normalerweise verließ sie die Zeitung gegen sieben Uhr, mit Ausnahme der Abende, an denen der Umbruch gemacht wurde. Sie fuhr mit dem Bus, der Métro oder dem Taxi, je nach den Verkehrsbedingungen, die das Leben all der geschäftigen Fußgänger, die in großen Scharen durch Paris eilten, bestimmten.

An diesem Abend war Umbruch, und Sybil, die sich eine ganze Stunde lang für eine bestimmte Reportage hatte einsetzen müssen, kam erst um elf Uhr nach Hause. Sie öffnete das Tor, legte die fünf Meter bis zu ihrem Eingang zurück und stieß im Dunkeln gegen einen riesigen Gegenstand, der auf ihrem Abstellplatz stand, dem Platz, der für Kinderautos, richtige Autos oder auch Brennholz gedacht war und wo eine Nachbarin acht Jahre lang ihre Kinderwagen und Buggys abgestellt hatte, bevor sie zur großen Verblüffung der Hausbewohner mit einem Südamerikaner durchgebrannt war. Seitdem war der Abstellplatz frei geblieben, doch an diesem Abend war das nun anders. So eine Unverschämtheit, ihnen einfach ihren Platz wegzunehmen! Alle wußten, daß sie hier ihr Kaminholz für den Winter aufbewahrten, ihre Blumentöpfe und die verschiedenen Zweiräder, die François versuchsweise als Transportmittel benutzte und mit deren Mechanik es immer ein jämmerliches, für Sybil allerdings, die stets ein blutiges befürchtete, ein unverhofftes Ende genommen hatte.

Sie tat sich also am Fuß weh; in ihrer Wut trat

138

sie noch einmal zu, und diesmal so, daß sie humpeln mußte. Sie fluchte laut, als auch schon François lachend aus dem Haus trat, was sie im Gegenlicht aus der Küche deutlich sehen konnte, da es ein gelbes Viereck hinter ihm bildete und ihm, wie in einem schlechten Film, ein diabolisches Aussehen verlieh.

»Was machst du denn da? Willst du das ganze Haus aufwecken?« fragte er und zog sie an sich, denn sie stolperte und konnte das Gleichgewicht nicht mehr halten, so weh tat ihr der Knöchel.

»Frag doch nicht so dumm. Was soll denn das Auto hier? So eine Frechheit von den Leuten!« schimpfte sie und sah zu den Fenstern hinauf.

»Es wird sich keiner ans Fenster stellen und schreien: ›Ich war's! Ich war's‹«, antwortete François. »Komm rein! Komm rein und zieh dir die Schuhe aus. Das mit deinem Fuß tut mir leid.«

»Aber du kannst doch nichts dafür«, lenkte sie ein und folgte seinem Rat.

Sie sank in einen Sessel, der in der Nähe des Bettes stand, auf das sie sich eigentlich legen wollte, wenn sie nicht im letzten Augenblick eine Flasche auf ihrem Schreibtisch entdeckt hätte, auch diese eine Überraschung, die sie daran hinderte, sich gleich lang auszustrecken.

»Champagner?« erkundigte sie sich mit einer Bewegung des Kinns zur Flasche hinüber und einem Lächeln, das ihr alles entlockte, was nach Fest aussah, welcher Anlaß auch immer dahinter stecken mochte.

»Wir feiern dein Fußgelenk und deine Ausdauer, mein Herz. Und was die Flasche betrifft, so soll mit ihr etwas anderes begossen werden.«

»Das andere ist das Auto?«

Sie hüpfte auf einem Fuß zum Fenster, war voll des Lobes, setzte sich dann wieder, war verunsichert.

»Ist es das von der Ecke? Der Fiat von der Ecke? Wie hast du das denn gemacht?«

»Sag zuerst, ob er dir gefällt.«

»Tolles Auto! Mein Traum, seit es im Schauraum steht.«

»Ich weiß.«

Er sah nicht nur begeistert aus, er war es auch. Sybil fand, daß das Wörtchen Wie? Wie? Wie?, das in ihrem Kopf widerhallte, das gemeinste auf der Welt war, auch wenn sie selbst es nicht loswerden konnte. Eines Tages, als der Wunsch, das Auto zu besitzen, allzu heftig gewesen war, hatte sie sich nach seinem Preis erkundigt. Sie wußte also, wie teuer es war.

»Hier sind die Papiere«, sagte er triumphierend, »ich hab's schon mal für dich zugelassen. Du bist teilkaskoversichert.«

»Teilkasko«, wiederholte sie mechanisch, und er nickte und wandte sich ab.

»Komm, schau's dir an«, sagte er, »schau dir dein schönes Auto an. Es ist nicht mehr ganz neu, aber seine Vorbesitzer haben es geschont.«

Sie ging hinaus ins Dunkle, war hell begeistert, nahm auf dem Fahrersitz Platz, er daneben. Nach einer halben Stunde fragte sie »Wie?« Er bat sie inständig abzuwarten, bis er seiner Sache sicher sei, kurz, ihm zu vertrauen.

Sie akzeptierte es. Sie sprachen über Reisen, die sie mit dem Fiat machen würden, der sehr schnell nur noch Der Fiat hieß. Sie machten tausend Pläne, lachten viel, sahen sich sogar alte Michelin-Karten an. Sie küßten sich auch lange, schliefen aber ein, kaum daß sie sich hingelegt hatten, erschöpft von ihrer jeweiligen Rolle, er als fröhlicher Geber und sie als reichbeschenkte Frau. Aber dann lag die Hand des einen doch auf dem Rücken oder Bauch des anderen, wie um sich seiner Nähe zu versichern.

Mitten in der Nacht wachte er auf: Er hatte Schulden, ab morgen mußte er arbeiten. Aber wo? Wie? Er bekam es mit der Angst zu tun. Er war einfach außerstande, in einem Büro zu arbeiten, ohne Entwürfe, Blätter, alle möglichen Spuren seiner Arbeit zu hinterlassen. Zu Hause schreiben konnte er auf keinen Fall, auch in der Zeitung und im Verlag nicht. Natürlich gab es die Cafés mit ihren Tischen, aber deren falsche Romantik im Verein mit der falschen Romantik seines Projekts war ihm unerträglich, entmutigte ihn und war wenig glückverheißend. Kein vierblättriges Kleeblatt war gefragt, sondern Stille, Platz, Einsamkeit und innere Ruhe, die man zum Schreiben brauchte und die er nicht mehr oder noch nie hatte. Und wie jeder Mann, dem das klar wird, empfand er einen dumpfen Groll, der sich mehr gegen seine

Liebste als gegen die Gesellschaft richtete. Obwohl François eigentlich zu jenen generösen Männern gehörte, die die Schuld eher bei Unbekannten als bei den ihnen Nahestehenden suchten.

Sybil machte eine Probefahrt und ließ auch François fahren, der in seiner Aufregung den Motor dreimal abwürgte. Schließlich steuerte sie auf den Boulevard in Richtung Zeitung. Er fuhr bis Alma mit. Er sah, wie sie es genoß, am Steuer zu sitzen, wunderte sich aber ein wenig über die mauvefarben schimmernden Ringe unter ihren Augen, so als müßte sie für seine schlaflosen Nächte büßen. Er stieg Ecke Pont de l'Alma aus und sah dem kleinen Auto hinterher, das Richtung Champs-Elysées davonfuhr, gleich einem fröhlichen Symbol ihrer Zukunft.

Es war ein milder, freundlicher Tag, und genauso fühlte er sich auch. Er ging in ein großes Café am Platz, um einen Tee zu trinken und Zeitung zu lesen, und dabei wurde ihm bewußt, daß er nur zwei Schritte von der Avenue Pierre-1er-de-Serbie entfernt war. Er rief an, um sich für das Vertrauen, das man ihm entgegenbrachte, zu bedanken; das war ja wohl das mindeste. Madame Vogel war tatsächlich da, sie würde gleich ans Telefon kommen. Sie begrüßte ihn, wie immer etwas außer Atem, und entschuldigte sich als erstes dafür, daß sie tags zuvor so überstürzt hatte gehen müssen und sich nicht von ihm verabschieden konnte. Das tat ihr wirklich sehr leid. (François fand sie

142

hinreißend, immer so höflich; kein einziges ihrer Telefongespräche, das nicht ein Dritter hätte mithören können.) Und wie froh sie war, daß er auf diesen mäßigen und wenig verlockenden Vorschlag eingegangen war, Berthomieux war kein Freund großer Pläne, war immer so überängstlich und konnte einfach nicht fünf gerade sein lassen ...

»Aber drei«, korrigierte François, »und glauben Sie mir, als Vorschuß ist das in diesem Metier eher ungewöhnlich großzügig. Ich wollte Ihnen danken. Ich war allerdings vorgestern enttäuscht, daß ich mit Ihnen nicht feiern und das Ereignis begießen konnte.«

»O ja, schade. Aber wie wär's heute mit einem Glas Champagner?«

»Jetzt gleich sogar«, sagte er und lachte, weil sie lachte, weil sie sich fröhlich anhörte und sich über seine Fröhlichkeit zu freuen schien. »Ich bin jetzt am Pont de l'Alma, gar nicht weit von Ihnen!«

»Ich erwarte Sie, aber geben Sie mir eine Viertelstunde, damit ich mich ordentlich schminken kann.«

Sie hatte eine merkwürdige Art, von ihrem Äußeren zu sprechen, war immer auf gute Formen bedacht: Es gehörte sich nicht, daß sie unfrisiert war, es war unerträglich, daß sie so ungepflegt aussah, obgleich das Gegenteil der Fall war! Die Pflege ihres Äußeren hatte für sie auch einen moralischen Aspekt, der überraschte.

François blieb vor einem Blumenladen stehen

143

und überlegte, ob er ihr Blumen kaufen sollte; die
sie bezahlen würde, sagte er sich. Es wäre wahrscheinlich schlauer, sich selbst Zigarren zu kaufen!
Welch ein häßlicher Gedanke! Er schämte sich
und kaufte prompt zu viele Rosen, mit denen er
eine halbe Stunde später vor Mounas Haus anlang-
te, nicht ohne die Avenue d'Iéna einmal hinauf
und wieder hinuntergegangen zu sein. Er ging
durch die Toreinfahrt und sah im Hof automatisch
zu dem Taubenfenster hinauf, seinem Fenster:
Mouna stand dort, und er sah ebenso schnell weg,
wie sie zurücktrat.

Würdevoll, wie es seine Art war, öffnete ihm
Kurt der Getreue die Tür und führte ihn, nachdem er den vergeblichen Versuch gemacht hatte,
ihm einen Überzieher, einen Regenschirm oder
einen Regenmantel abzunehmen, in den Salon. Er
durfte ihm nur den Strauß abnehmen, den er mit
einem Blick taxierte. Von seinem Platz aus hörte
François gleich darauf, wie er die Rosen zählte und
ihre Anzahl mit dem geschätzten oder genauen
Preis – der Blumenladen war nur zwei Schritte
entfernt – multiplizierte. Jedenfalls lächelte er ihm
zwei Sekunden später zu, anerkennend diesmal.

»Madame erwartet Monsieur«, sagte er in einem
völlig akzentfreien Französisch.

Er trat zurück, um François vorbeizulassen. Er
war groß von Statur, und sein dichtes, stahlgraues
Haar stand ihm gut zum leicht gebräunten
Gesicht. François war sicher, daß er genau das
Gesicht hatte, von dem Berthomieux träumte.

144

Auf der Armlehne des Sofas sitzend, klopfte Mouna mit dem Fuß den Takt, während Django Reinhardt *Wolken* spielte, wohl zum tausendsten Mal, so klang es jedenfalls für François' Ohren.

In der Sonne leuchtete Mounas blondweißblaues Haar wie ein Heiligenschein. Sie trug eine greigefarbene Seidenbluse unter einem Kostüm, das nur um eine Nuance dunkler war, und dazu eine dicke Perlenkette, die so unecht aussah, daß sie echt sein mußte, und die die Zartheit ihres Halses noch betonte. Sie war »sehr korrekt« geschminkt, dachte er, und eine Woge der Fröhlichkeit durchflutete ihn, umgab ihn, machte das Zimmer, die Frau, den Butler köstlich, unsterblich und leicht wie manche Stücke von Guitry und unwirklich wie manche Kindheitserinnerungen. Er hatte Lust zu tanzen, hier und jetzt, mit Ginger Rogers, die ihm zulächelte und sagte:

»Haben Sie wirklich Durst auf Champagner? Ich finde ihn ein wenig zu ... äh ... zu dünnflüssig. All diese Bläschen ... Wollen Sie nicht einen von Kurts Cocktails probieren?«

»Kurts Cocktails sind mir nicht geheuer!« erwiderte François lebhaft, blieb abrupt stehen, sah, wie Mouna rot wurde, und begann zu lachen.

Es war niemand im Zimmer. Er zog sie an sich. »Tanzen wir«, sagte er.

Und mühelos machte er drei Schritte. Es gehörte zum Charme dieser gehorsamen Frauen aus einer anderen Zeit, daß sie den Männern bei jedem Rhythmus folgten. Ebensogut hätte sie, auf

Rockmusik Walzer getanzt, wenn er es gewollt hätte.

»Wir sind ... Ich bin grotesk«, erklärte sie. »Wieso mußte ich von diesem Cocktail anfangen und dann obendrein auch noch rot werden!«

»Als hätten Sie ihn gepanscht, diesen süffigen ... Berlin?«

»Bismarck«, verbesserte sie ihn zerknirscht.

»Bismarck, natürlich. Sie sind eine ganz schöne Hetäre: das Gold, die Liebestränke, die Ausschweifungen ... Wie soll ich armer Intellektueller da widerstehen?«

»Übrigens ...«, sagte sie an seiner Schulter (sie tanzten noch immer, obwohl François die Falten, die der große Teppich dadurch warf, tückisch fand), »übrigens, ich habe Berthomieux' Vertrag Gott sei Dank noch korrigieren können. Er enthielt eine Klausel, die Sie übersehen hatten und durch die er - wir - Sie in der Hand gehabt hätten!« fügte sie lachend hinzu.

»Was haben Sie daran geändert?«

Er war völlig entspannt. Er redete einfältiges Zeug, spielte den jungen Mann, riskierte seine Zukunft, gefährdete seine Karriere, seinen guten Ruf und seine Verdienstmöglichkeiten, und Sybils übrigens auch, einfach so, weil er sich einen Augenblick von einer Frau hinreißen ließ, die älter war als er und ihm das Gefühl gab, jung zu sein. Er hatte sich damit arrangiert, ihr Geld anzunehmen, das er sofort wieder für dieses Auto ausgab, womit er sich Mouna bewußt auslieferte; von

Berthomieux brauchte man nicht zu reden; der existierte dabei gar nicht. Er war selbst daran schuld, daß er jetzt in der Klemme saß, außerstande, die Flucht zu ergreifen oder mit ihr zu brechen, wenn er nicht als vollkommener Flegel dastehen wollte. Er war selbst daran schuld, wenn eine im Grunde eigentlich komische Idylle, die ebenso charmant wie kurz hätte sein können, sich in einen tragischen und bedrückenden Zustand verwandelte.

»Wie traurig Sie plötzlich aussehen«, ließ sich Mounas Stimme vernehmen.

Er sah zu ihr hinunter, und ein Schatten in ihren Augen, ein Zögern in ihrem Gesicht drängten ihn zu einer ehrlichen Antwort: »Aber nein, ich bin sogar in bester Stimmung. Doch warum haben Sie mir nicht gesagt, daß Sie den Anfang des Stückes umgeschrieben haben?«

»Ich hatte Angst, daß Sie das beeinflussen könnte.«

»Negativ?«

»Ja, negativ. Im Hinblick auf den Text und auch im Hinblick auf mich.«

»Glauben Sie, daß ich Frauen so schlecht behandle oder eine solch böse Zunge habe?«

»O nein«, antwortete sie, »Sie sind so nett, so nachsichtig mit mir, so gut ...«

Sie kroch und rankte sich an ihm empor wie Blumen oder Schlingpflanzen an bäuerlichen Gartengerüsten oder Spalieren, hatte ihr rundes Kinn auf seine Schulter gelegt, ihre linke Hand auf sein rechtes Schulterblatt, die rechte Hand auf sein Herz und ihr Bein zwischen seine Beine geschoben. Er beugte sich über ihr parfümiertes Haar und atmete den unverkennbaren Duft noch bügelwarmer Seide. O ja, sagte er sich, wie in einem alten Film; ein Film, in dem sie als Schauspieler agiert hätten, beide ganz jung und schon verbraucht.

Er hatte Lust ihr zu sagen, was sie sicher erwartete, was sie sicher hören wollte: »Aber gewiß, mein Engel, wir bleiben immer zusammen, wir werden zusammen alt mit den Annehmlichkeiten, mit der Bürde und Geborgenheit der Jahre.«

Doch plötzlich rutschte sie tatsächlich auf dem Teppich aus, verlor auf ihren spitzen Absätzen das Gleichgewicht, und er konnte sie – nicht Ungeschick, sondern Schwäche machte sie plötzlich schwerer – gerade noch auffangen. Er bettete sie aufs Sofa, wobei Kurt half, der wundersamer Weise gleich mit einem Kissen bei der Hand war. Er stellte ihr zwei oder drei Fragen in einem Deutsch, das so guttural wie in den alten Kriegsfilmen klang, und sie antwortete mit der sanften und beherrschten Stimme eines Opferlamms, worauf er den Raum wieder verließ. François fühlte sich auf doppelte Weise fremd, ausgestoßen durch diesen Schwächeanfall und diese Sprache.

Er flüchtete sich auf das Sofa wie in einen rettenden Hafen, setzte sich vorsichtig, ergriff Mounas Hand, tätschelte und streichelte sie, ließ sie los, nahm sie wieder auf. Das grüne Make-up um ihre

148

wasserblauen Augen hatte sich aufgelöst, war völlig verlaufen und war nur noch ein heller Schimmer. Sie sah aus wie eine erschöpfte Sirene; ihre Frisur war aus der Façon geraten und umrahmte ein fremdes, unbekanntes Gesicht, das auf der Oberfläche seiner eigenen Verständnislosigkeit schwebte.

»François«, sagte sie leise.

Deutliche Erinnerungen stiegen in ihm auf und begruben ihn unter der Last von zehn Träumereien, hundert alten Filmen, fünfzig (oder waren es tausend?) Textpassagen; François, dieser Name, den eine Frau dem Mann zuflüstert, der sich anschickt, für immer fortzugehen ... Gräßlich, diese Filme. Da gab es diese Marthe in *Den Teufel im Leib*, die einsam in ihrem Sterbezimmer François ... François rief; da war seine Mutter, die im Krankenhaus von Poissy ein letztes Mal François zu ihm sagte; da waren all seine unterdrückten Tränen, die er gewaltsam in seiner Kehle angesammelt hatte, zusammenpreßte ... die vergeudeten Tränen, die aus ihm diesen hilflosen und manchmal bösartigen Clown gemacht hatten.

Trotzdem würde er hier nicht anfangen, auf den Knien einer abgetakelten, kleinen Schauspielerin zu schluchzen, einer Frau, die einen Krückstock für ihr Alter suchte. Hör auf, ermahnte er sich, hör auf. Was für eine scheußliche Rolle spielst du da. Er nahm Mouna Vogels Kopf in beide Hände, küßte sie zärtlich, trocknete ihre Tränen und flüsterte irgend etwas. Welche Unzahl dieser verdammten Cocktails mochten sie wohl zusammen getrunken haben? Er wußte es nicht. Die Karaffe war jedenfalls leer und sie beide kurz davor, wie Kinder zu weinen. Kinder, die obendrein traurig waren, was sie nicht hätten zu sein brauchen.

»Was war denn?« fragte er. »Bist du ausgerutscht?«

»Ich habe hin und wieder kleine Herzstiche, einfach so, Extrasystolen. Übrigens haben alle Leute so was. Nur daß ich weiß, wie das heißt. Das Herz bleibt stehen, nun ja, es tut jedenfalls so, und man fällt jedesmal drauf rein.«

Sie lachte und senkte den Kopf. Er aber hatte soeben zweierlei begriffen: Erstens, daß Mouna Vogels mysteriöser und plötzlicher Tod in den Armen eines unbekannten Liebhabers, der jünger war als sie (oder aber der Tod dieses Liebhabers) das einzig mögliche Ende ihrer Liebesgeschichte war. Zweitens, daß das, was sich zwischen ihnen abspielte, in der Tat eine »Liebesgeschichte« war. Er hob den Kopf und sah sie mit freundlicher Verwunderung an. Verwundert wie ein Passagier zum Beispiel, der auf einem Schiff in die falsche Klasse geraten ist, sagte er sich und mußte bei dieser Vorstellung unwillkürlich lachen. Sie lachte auch und fuhr François mit der Hand sanft, wie es ihre Art war, über die Wange.

»Du bist ja ganz blaß«, bemerkte sie, »du hast mir einen Augenblick Angst gemacht. Du wurdest ganz weiß.«

Sie betrachtete ihn noch immer erschrocken.

Vielleicht fürchtete sie um sein Leben, warum nicht? Die beklagenswertesten und häufigsten, die alltäglichsten Melodramen also, vergaß man. Nicht der Tod ihrer Liebe schied die Liebenden am Ende voneinander, sondern die Autounfälle, Herzanfälle, Krankheiten, die Sandkörner, die einen plötzlich in eine Marmorstatue verwandelten. Ja, nach den neuesten Statistiken hatte er gute Chancen, als erster von ihnen dreien zu sterben. Das wäre ihm auch das liebste. Obwohl ... Nein, ein Leben ohne Mouna wäre im Augenblick nicht lustig. Und ein Leben ohne Sybil käme für ihn nie in Frage, niemals. Ebensowenig allerdings, wie es für ihn in Frage gekommen wäre, ohne seine Mutter zu leben, als er klein war. Dennoch war sie nicht mehr da. In der Woche nach ihrem Tod hatte er wohl daran gedacht, sich umzubringen, aber es genügt eben nicht, sterben zu wollen, um sich zu töten, man darf auch nicht mehr leben wollen. Und es ist sehr schwierig, so lebensüberdrüssig zu sein, um nichts mehr vom Leben zu erwarten.

»Sag, hast du nichts mehr zu trinken?« fragte er. »Die Karaffe war doch eben noch voll, oder träume ich? Ich glaube, das sind deine Extrasystolen.«

Mouna Vogel sah ihn beunruhigt an.

»Glaubst du das auch? Mein Mann behauptete, daß ich ... Daß ich zuviel tränke. Allerdings ist Deutschland ein Land... Na ja, nicht Deutschland, aber Dortmund... Ein langweiliges Land. Was für einen Cocktail willst du? Kurt?«

Sie hatte eine charmante Art, Kurt zu rufen, besonders wenn man die Stimme dieses Mannes, die wie ein Bellen klingen konnte, einmal gehört hatte. In Zukunft würde François immer Angst haben, en passant gebissen zu werden.

»Ich trinke, was Kurt für richtig hält«, sagte er. »Hast du zu Mittag gegessen? Soll ich dich zum Essen einladen? Ich kann dich in das teuerste Restaurant von Paris einladen, wenn du magst.«

Sie sah ihn entzückt an, entzückt, weil er über eine Sache scherzte, statt sie übelzunehmen, wie sie befürchtet hatte. Sie wußte ja nicht, wozu er in seinem kleinbürgerlichen Zynismus fähig war, der gute François Rosset, dieser seriöse, intellektuelle, demokratische François Rosset ...

Dieser Kurt war ein Mörder! Seine Cocktails verdarben einem den Appetit und vermehrten die Systolen wie Unser Herr Jesus das Brot. Sie sollte sehr auf der Hut sein vor Männern, die ihr ergeben waren. Sie waren gefährlich, mochten sie noch so bedeutend sein. Was wußte sie über Kurts Leben, außer daß er früher ihrem Mann sehr ergeben gewesen war, bis zum Ende.

»Bis zum Ende? Das ist doch ganz normal«, warf François ein, »er würde sich doch nicht vor der Testamentseröffnung aus dem Staub machen.« Was? Er sei schrecklich! Er? Sie waren schrecklich! Wie konnte sie glauben, daß Kurt diesem äußerst sympathischen Ehemann hingebungsvoll diente (daß dieser sympathisch war, bezeugten die Fotos, die in der Wohnung herumstanden), daß also Kurt diesem sehr sympathischen Ehemann sein Leben widmete und sich sogar noch ein finsteres Vergnügen daraus machte, dessen Strümpfe zu waschen. Nein! Nein und noch mal nein! Wenn Männer solch finstere Vergnügungen brauchten, gewalttätige Vergnügungen – und dazu würde er ihr gleich noch einiges sagen –, so waren es nicht diese.

Er würde ihr dazu gleich noch einiges sagen, aber nicht im Schlafzimmer ihres Ehemanns. Selbst wenn dieser sie nie zusammen gesehen hatte, zog er das Gästezimmer vor, »sein« Zimmer, das mit Tauben, aber ohne Möbel, ohne Pendüle und ohne Vorhänge, das Zimmer mit den geschlossenen Fensterläden. Es hatte große Vorzüge: Für die Liebe am Nachmittag war es dort ruhig und dunkel, und hell und still für den, der beim Arbeiten allein sein wollte.

Und der leere Raum um das Bett herum böte Platz für Tisch und Stuhl, ganz bescheiden und nicht allzu störend fürs Auge. Außerdem sehr bequem für einen Mann, der ein Stück umschreiben mußte, a priori also eines hatte, das bereits geschrieben war, und dazu den Anfang des zukünftigen: kurz, überall Papier, Papier und nochmals Papier, wozu Platz für eine Unordnung nötig war, so wohlgeordnet und persönlich, wie es die Unordnung eines Schriftstellers nun einmal ist. Ein Mann ist dann halbwegs gerettet, wenn er einen Schlüssel in der Tasche hat für einen Ort, den er nach Belieben betreten und verlassen kann (es ist natürlich immer vom Schriftsteller die Rede), und wenn er obendrein weiß, wo der Kühlschrank steht und er in dem gutbürgerlichen und ruhigen Mietshaus, in dem niemand von seinen Bekannten ihn vermuten würde, keine verhängnisvollen Begegnungen zu erwarten hat. Ein Mann schließlich, der wußte, daß seine Vermieterin sich um so weniger als solche verstand, als sie einen an Wahnsinn – oder zumindest an Ehrfurcht – grenzenden Respekt vor geistiger Arbeit hatte, eine Vermieterin, die wie vor einem Gespenst den Blick senkte, wenn sie ihm auf einem Flur begegnete, eine Vermieterin, die er am Arm packen und geradezu in Fesseln legen müßte, damit sie sich daran erinnerte, daß er ein Mann und sie eine Frau war.

Mit einem Wort – man könnte auch sagen: schließlich oder: letztendlich, das Leben reihte seine Redewendungen aneinander, wie es ihm paßte – mit einem Wort also war es um sechs Uhr abends für Mouna Vogel und François Rosset sonnenklar, daß es nur einen Ort mit all diesen Vorzügen gab, an dem er sich an ihr gemeinsames Projekt machen konnte, und daß dieser Ort eben der war, an dem sie sich gerade befanden: die fünfte Etage in der Avenue Pierre-1er-de-Serbie. Und wie für viele normale, das heißt romantische, sentimentale, sinnenfreudige und einsame Menschen, war ein Zimmer mit oder ohne Sonne, in dem es ein Bett für das Vergnügen und einen Tisch für die Arbeit gab – zwei Gegenstände also, die für die jeweiligen Delirien bereitstanden – das Paradies auf Erden.

13

Die ersten Tage vergingen wie im Traum. François hatte viel Spaß an diesem Text, den er nicht einmal, sondern zehnmal überarbeitet und dabei eher so etwas wie Ergriffenheit empfunden hatte. Jetzt schürfte er nach dem Komischen darin und fand es mühelos. Obwohl er Mouna in ihrer Wohnung praktisch nicht zu Gesicht bekam, denn auch wenn sie da war, kam sie nur zum Vorschein, wenn er laut nach ihr rief, fand er in ihr immer eine begeisterte Zuhörerin. Sie lachten zusammen, wie es sich jeder Theaterdirektor, der hofft, sein Publikum werde sich über sein neuestes Lustspiel amüsieren, nur wünschen konnte. Sie schütteten sich regelrecht aus vor Lachen. Mouna flossen die Tränen über die Wangen und ruinierten ihr ganzes »korrektes« Make-up. Das entzückte François, entzückte den Schriftsteller, den Liebhaber und den Freund in ihm und würde auch jeden anderen Autor gleichermaßen entzückt haben. Nur daß er sich zuweilen ein wenig wie ein Verräter vorkam, sehr zu Unrecht eigentlich, besonders an bestimmten Textstellen, die, wie er sich erinnerte, ebenfalls von Tränen begleitet waren,

Sybils Tränen, die keine Lachtränen gewesen waren, für die er damals durchaus Verständnis gehabt und fast selbst vergossen hätte. Es war doch merkwürdig, daß das Lachen ansteckend war und in seinen Erscheinungsformen nichts Anstößiges hatte, während es mit dem Kummer ganz anders war. Wer sagte denn, wenn es um einen Film oder ein Theaterstück ging: »Weißt du noch, wie wir zusammen geweint haben?« oder »Wie traurig waren wir, als sie abfuhr ...« oder ähnliches. Jedenfalls war ihm kein Paar bekannt, das sich seiner gemeinsamen Tränen gerühmt hätte. Das war vielleicht der Grund, warum in Paris nur die Stücke Erfolg hatten, die man komisch fand oder die es wirklich waren. Seine eigenen Gewissensbisse hatten also etwas mit der Dummheit zu tun, die den Zeitgeist in unzähligen Ausprägungen beherrschte, eine Dummheit, der man sich immer schwerer entziehen konnte.

Die Ausarbeitung dieses ersten Kapitels also fand unter Umständen statt, die so idyllisch waren, daß er hätte stutzig werden müssen. Mouna war überglücklich, ließ es sich aber nicht anmerken. Seine Existenz schien ihrer eigenen einen Sinn zu geben, doch aus Gründen, die etwas mit ihren leidenschaftlichen, zugleich aber auch geschwisterlichen Gefühlen ihm gegenüber zu tun hatten, waren ihre Umarmungen selten, unbeschwert, manchmal sehr zärtlich und immer kurz vor einem Geständnis, das sie sich machten, indem sie es *nicht* in

Worte faßten. Und selbst die wenigen Ausdrücke, die wenigen Gesten und die wenigen etwas altmodischen Wörter, die Mouna herausrutschten (denn selbst die körperliche Liebe hat ihre Moden und Blasiertheiten), rührten ihn eher, als daß sie ihn nervten.

Die übrige Zeit vergnügten sie sich miteinander; sie verstanden sich bestens, und das Gleichgewicht der Kräfte zwischen ihnen, wenn man es so nennen konnte, war so klar und selbstverständlich, daß der Altersunterschied, der manchmal auf ihren Gesichtern und in ihren Gesten zum Ausdruck kam, in ihrem Leben, ihrem Alltag bedeutungslos war. Sie schienen seit eh und je zusammenzuleben, als Bruder und Schwester im Mittelalter, als Liebende zu Ben Hurs Zeiten oder als Cousin und Cousine zweiten Grades in der Ära von Laclos, nichts hätte die Ausgeglichenheit ihrer Beziehung stören können. Hätte man nun zwei Paare nebeneinander, die sich jeweils aus François und entweder Mouna oder Sybil zusammensetzten, so würde jeder das Paar François/Mouna für das eigentliche, das miteinander harmonierende, das ausgeglichene, das sich am besten ergänzende Paar halten.

Mouna war glücklich, François war glücklich, Sybil war überlastet, aber ebenfalls glücklich, weil François glücklich war; nur der arme Berthomieux machte sich Sorgen und wußte noch nicht einmal warum. Ab und zu überreichte ihm Mouna Vogel zehn oder fünfzehn Seiten des neuen Stücks wie ein Geschenk, und er dachte schon ganz melancholisch an den Scheck Nummer zwei, der sein Scheckheft würde verlassen müssen zugunsten dieses unbekümmerten Menschen namens François Rosset. Und all das wird doch zu nichts führen, sagte er sich von Zeit zu Zeit voll Düsternis, und dies um so mehr, als es niemanden gab, der seine Vorahnungen hätte würdigen können, denn er hatte auf das Malteserkreuz, dem er sich, Gott weiß warum, verschrieben hatte, unbedingte Verschwiegenheit schwören müssen.

Das Trojanische Pferd in dieser Geschichte trat in Gestalt des Fiat auf, der so unschuldig und wie ein Kinderspielzeug aussah. François beschloß, ihn in die Werkstatt zu bringen, um eine gründliche Inspektion vornehmen zu lassen, denn er gab beim Starten, Anhalten und auch während der Fahrt merkwürdige Geräusche von sich. Da mußte ein Fachmann her. Als François den Wagen wieder abholte, hatten die Geräusche nachgelassen, und er gab ihn triumphierend an Sybil, seine rechtmäßige Besitzerin, zurück, vergaß aber unter dem Sitz ein erstes hektographiertes Exemplar der neuen Version des Stücks. Selbstverständlich suchte er alsbald überall danach, nur nicht da, wo es war. Es gibt im Leben derart beunruhigende Möglichkeiten, daß man gar nicht daran zu denken wagt: daß Sybil, ohne sich seelisch darauf einstellen zu können, dieses völlig umgekrempelte Stück entdecken könnte, war eine der schlimmsten.

Das Stück lag also an die zehn Tage unter dem

Sitz des Fiat, und mit ein wenig Glück hätte es oder besser noch das Auto gestohlen werden können. Oder aber François hätte auf der Suche nach Zigaretten oder einer Kassette darauf stoßen können. Doch es sollte nicht sein, das Schicksal nahm diesmal seinen Lauf, und das auf eine höchst unspektakuläre Weise, wenn man es recht bedenkt. Denn sie hätten auch alle in einem Restaurant aufeinandertreffen können. Oder Sybil hätte zufällig hochgeschaut und gesehen, wie ihr Liebster in der fünften Etage eines Wohnhauses in der Avenue Pierre-1er-de-Serbie eine blonde Frau küßte. Oder ein Bekannter hätte ihr vielleicht gesagt, er habe François und Mouna gesehen. Kurz, die Aufdeckkung des Geheimnisses hätte auch durch mit Sprache, Böswilligkeit und Grausamkeit begabten Dämonen geschehen können oder durch einen jener unschuldigen und himmlischen Zufälle, jener zwitterhaften, absichtslosen Zufälle, die über den Menschen schweben.

Aber nein, der Vordersitz eines Gebrauchtwagens sollte schließlich die Wahrheit an den Tag bringen in der Folge einer ganz normalen Inspektion. Zwischen diesem Montag also, an dem François Rosset die Bombe zündete und die Lunte unter dem Autositz langsam zu schwelen begann, und dem Augenblick, als die Bombe explodierte, vergingen nur zehn Tage: Es waren zehn glückliche und ruhige Tage, doch bestimmt von einigen Ereignissen, die ihre warnenden Schatten vorauswarfen.

An diesem Montag begab sich Sybil also im Taxi zur Bar du Lotti, wo sie mit einem amerikanischen Regisseur verabredet war, einem gewissen John Kirk, der eher durch seine Theorien über das Kino als durch seine Filme selbst bekannt geworden war. Er gehörte zu der Sorte von Querdenkern, die gegenwärtig überall grassierten und die Sybil zumeist langweilten oder verwirrten. Da sie überaus gewissenhaft war, kam sie fast eine halbe Stunde zu früh ins Lotti, setzte sich in die Bar und wartete. An der Bartheke, ihrem Tischchen den Rücken zukehrend, erblickte sie die Umrisse einer hoch aufgeschossenen Gestalt, die sie nicht sofort erkannte, so sehr hatte sie sich im Laufe von drei Monaten verändert. Es war Paul, der Exmann von ihrer besten Freundin Nancy, die sie übrigens auch schon fast einen Monat nicht mehr gesehen hatte. Die Scheidung war von Nancy ausgegangen, und Sybil wußte nur, daß Nancy schonungslos, ja sogar grausam vorgegangen war und daß der arme, dicke Paul, dieser Leisetreter, sehr darunter gelitten hatte. So sehr, daß er darüber ganz dünn geworden war, was Sybil auch nicht wußte und was sie mit Staunen erfüllte, denn Schlankheit war immer nur ihrer Freundin wichtig gewesen. In dem Augenblick, als sie ihn erkannte, drehte er sich um, und mit einem Ausruf des Erkennens – sie hatte sich nämlich überhaupt nicht verändert – erhob er sich und kam auf sie zu.

Vor zwanzig Jahren war Paul ein ausgesprochen hübscher Kerl gewesen, ein junger Hund mit schönem Fell, schönen Augen, schönen Zähnen und fröhlichem Naturell. Damals hätte man wohl gesagt, daß er von seinem Sitz herunterhüpfte und ihr wie ein junger Jagdhund entgegensprang. Die Zeit war mit der ihr eigenen Unbarmherzigkeit vergangen, und nun hätte man sagen können, daß er von seinem Sitz rutschte und wie ein alter Setter auf sie zutrottete. So richtig hatte er Sybil nie gefallen, genauer gesagt, sie hatte in ihm nie den Mann gesehen, vor allem weil er einer anderen gehörte und die loyale Sybil nicht begehrlich betrachten würde, was schon vergeben war.

Er setzte sich ihr gegenüber, sie gaben die üblichen Überraschungs- und Freudenbezeugungen von sich und schickten die entsprechenden gegenseitigen Vorwürfe hinterher. Und nach einigen Minuten stellte Sybil zu ihrer Verwunderung fest, daß sie ihn viel attraktiver fand als früher. Zusammen mit einer beeindruckenden Zahl von Kilos hat er den apathischen, resignativen Zug, der ihm seit einiger Zeit anhaftete, verloren. Obwohl er schmaler geworden war, schien er gewitzter, schärfer und auch lustiger, so als ob sich zwischen ihm und dem Leben etwas geöffnet hätte, als ob ihm plötzlich eine Einsichtsfähigkeit zuteil geworden wäre, die keinesfalls auf seine Kosten ging: im Gegenteil. Doch aus dem, was sie wußte, und dem, was er unfreiwillig noch von sich gab, ging hervor, daß er weder Arbeit, noch Geld, noch Frau und auch sonst keinen Menschen hatte, nichts, was früher sein Glück ausgemacht hatte. Von Zeit zu Zeit ging ein unbestimmtes Lächeln über sein Gesicht, unfreiwillig, ehrlich amüsiert, das zwar ein wenig entrückt sein mochte, aber vollkommen aufrichtig zu sein schien. Ein Ausdruck, den sie nicht an ihm kannte. Sein ganzes Leben lang hatte sie ihn den Glückspilz, den Erfolgreichen, den Sieger spielen sehen und erwartete, ihn jetzt in der Rolle des Unglücklichen, des Pechvogels, des Verzweifelten anzutreffen. Doch siehe da, er war offenkundig und sichtlich unglücklich, ohne jede Großtuerei oder Selbstgefälligkeit.

Bei Menschen, die daran gewöhnt sind, ihr Leben lang eine bestimmte Rolle zu spielen, selbst wenn diese mit ihrem Stolz unvereinbar ist, kann nichts diese Gewohnheit brechen – weder Eitelkeit, noch Sinnenlust, ja nicht einmal Trägheit. Da sie das wußte, wunderte sie sich jetzt über die ganz neue Spontaneität dieses Fremden, der Paul hieß. Es gibt kaum ein Gefühl gegenüber dem anderen Geschlecht, das, ist es erst einmal etabliert, beständiger wäre als Gleichgültigkeit: Das Ausbleiben sinnlichen Begehrens ist praktisch unüberwindlich. Hier nun aber überraschte Sybil sich dabei, wie sie Paul interessiert betrachtete: den Winkel, den sein Kinn mit dem Hals bildete, seinen Haaransatz, die kindliche Form seiner Ohren, die vielbewunderte Schönheit seiner Hände, die Hände eines begnadeten Künstlers, wie man ihm so lange eingeredet hatte, bis es der Unglückliche schließlich glaubte. Hier nun sahen diese Hände mit den wohlgeformten Fingern durchaus wie Männerhände aus, auch wie Künstlerhände – gewiß, und es waren wirklich schöne, verführerische, männliche Hände, Hände, wie sie die Frauen lieben, Hände eines Mannes der Tat, was fast an ein Wunder grenzte bei einem, der nichts zustande gebracht hatte: weder im Beruf noch bei den Frauen, denen er eher Unglück als Vergnügen beschert hatte.

Zum erstenmal in seinem Leben sah Paul, daß Sybil, der er lange vergeblich den Hof gemacht hatte, ihn wahrnahm und ihn in einem besseren Lichte sah. Darüber geriet er fast ins Stottern, denn er verspürte ein plötzlich heftiges Verlangen, das er nach all seinen Mißerfolgen für erloschen gehalten hatte und das schließlich auch Sybil auffiel, so sehr glich sein Verhalten dem eines Pennälers. Leise und hastig tauschten sie ihre Telefonnummern aus, die sie sowieso auswendig kannten, schüttelten sich die Hände und gingen, sich wie Fremde ungeschickt aneinander vorbeidrängend, auseinander. Dann begaben sich diese beiden, die sich seit mehr als fünfundzwanzig Jahren kannten, jeder für sich zu einer Bar, die dem Lotti am nächsten, aber jeweils in einer anderen Richtung lag, weil sie dringend einen anständigen Drink brauchten.

Das Interview mit John Kirk war ein noch schlimmerer Alptraum, als Sybil befürchtet hatte, denn dieses eine Mal bekam sie von dem, was man ihr erzählte, kein Wort mit. Und das, obwohl sie eine Berufsauffassung hatte, die von unbedingter

Pflichterfüllung bestimmt war. Dieses Zusammentreffen, das in jeder anderen Situation hätte Folgen haben können, hatte überhaupt keine, denn die Ereignisse überstürzten sich, ohne daß Paul dabei eine Rolle spielte. Dennoch hätte es Sybil zu denken geben müssen statt sie zu amüsieren. Zum erstenmal, seit sie sich in François verliebt hatte, verursachte ihr ein Mann Herzklopfen und obendrein ein alter Freund, über den sie sich nicht die geringsten Illusionen machte. Zum erstenmal verwirrte sie ein Mann derart, daß sie eine ganze Stunde lang unfähig war, an etwas anderes als an ihn zu denken. Ebenso hätte der Bericht, den sie auf amüsante und humorvolle Weise François am Abend über diesen Anfall von später Verliebtheit gab, diesen in Alarm versetzen müssen. Er diente jedoch nur dazu, ihn zu beruhigen und sein Gewissen, das ihn ohnehin nicht sehr drückte, zu entlasten. Sie lachten beide fröhlich darüber, denn Sybils Schilderung war sehr anschaulich, und beide sollten sich noch lange an dieses Gelächter erinnern, während sie bei offenen Fenstern und mit wehenden Haaren über die Seine fuhren und auf ihren Sitzen, unter denen eine Bombe lag, durchgeschüttelt wurden.

Sie trennten sich sehr früh am nächsten Morgen, denn es war Ostern, und jedes Jahr um diese Zeit trafen sich alle Familienmitglieder von Sybil in Poitiers in einem Haus, das ihr Vater dort gekauft hatte und in dem es sich so einfach und angenehm

164

leben ließ. Hierher flüchtete man sich, wenn sich eine unvorhergesehene Katastrophe ereignet hatte, hier wurden Taufen, Hochzeiten und auch Scheidungen begangen. François, der ganz ohne Familie dastand und auch auf keinen Stammbaum zurückblicken konnte, fand, daß *La Feuillée* ein Privileg und als solches eine Ungerechtigkeit war. Das langgestreckte Landhaus inmitten einer rosafarbenen und gelben Landschaft erinnerte Sybil immer an ihre Wurzeln (obwohl sie in Prag geboren war). Der Ort lag zweihundertfünfzig Kilometer von Paris und zweihundert vom Meer entfernt und war seit ihrer Kindheit für sie, ihre Brüder, ihre Cousins und für ihre Eltern ein Zufluchtsort gewesen, denn nie hatte Paris seinen Schatten auf diese Erde geworfen, die sich endlos grün unter dem undurchdringlichen Blau des Himmels hinzog.

Deshalb war Sybil auch nicht sonderlich überrascht, als ihr älterer Bruder Didier, der ihr den Koffer aus dem Auto hob, unter dem Vordersitz ein flaches, viereckiges Paket hervorzog. Sie stutzte nur einen kurzen Augenblick, als sie François' Schrift erkannte, aber nun ja – er hatte im Durcheinander, das in dem Auto herrschte, wohl seine Papiere vergessen, wie ihm das auch überall sonst, in der Wohnung, in den Cafés, passierte. Er würde sie sicher brauchen, und man müßte sie ihm so schnell wie möglich mit dem nächsten Schnellzug oder per Fax schicken – gab es überhaupt schon ein Fax an diesem friedlichen Ort? Jedenfalls war

165

es ihm damit gelungen, diesem manchmal so ungestümen und lebhaften François, bis hierher vorzudringen, sich in dieses friedliche Weideland einzuschleichen, wo die nächtliche Stille nicht einmal vom Muhen schläfriger Rinder gestört wurde. Bruder Didier trug ihren Koffer zum Tor und stieß es auf. Nebeneinander gingen sie über den Kies des Hofes. Sybil hielt die Papiere, die Didier im Dunkeln auf dem Boden des Fiat aufgelesen hatte, in der linken Hand. Sie kamen in den gelb erleuchteten Hauseingang und den Salon, und wie immer weckten diese Gefilde der Kindheit ein Gefühl von Sicherheit, Vertrautheit und unschuldiger Zärtlichkeit in ihr. Hätte Sybil nur gewußt, hätte sie nur eine Ahnung gehabt, sie würde diese Blätter im klassischen Format und mit geheimnisvollen Zeichen versehen auf den Boden geworfen, zerrissen, verbrannt, zertrampelt haben, denn sie zerstörten jetzt und für lange Zeit alles Glück dieses Landhauses, in dem es keine Strafe gab.

Doch zuvor gab es die üblichen Ausrufe der Wiedersehensfreude, die zweifelhaften Familienneckereien, gab es Kuchenstücke, die man extra für sie aufgehoben hatte, und als sie schließlich in dem großen Bett lag, in dem sie immer allein geschlafen hatte, gab es das vertraute und unveränderte Rascheln der Blätter an den Fensterläden. Es war ein ewiger Zweikampf, den sich von jeher die Bäume mit den Klappläden lieferten, untermalt vom Geräusch der Hundepfoten auf dem Kies und dem vom Nebel halb verschluckten, explosionsartigen Lärm einer verspäteten Hupe auf der einige Kilometer entfernten Landstraße.

Sie schlief schnell ein, müde vom Tag, der Reise und dem Geruckel in ihrem Fiat. Sie hatte einen Augenblick geschwankt, ob sie die Seiten, die auf dem Schreibtisch in ihrem Zimmer lagen, lesen sollte oder nicht. Sie hatte so lange gezögert, bis schließlich ihre Faulheit die Oberhand gewann; denn es kommt nicht selten vor, daß die Faulheit gütiger und zartfühlender mit uns umgeht als Kraft und Wißbegierde. Wie dem auch sei, Sybil war eingeschlafen und träumte, das Gesicht in der Armbeuge vergraben, von François Rosset.

Zur gleichen Stunde, aber zweihundertfünfzig Kilometer weiter nördlich in Paris, lag François, der Mann ihrer Träume, vor einer offenen Fenstertür auf einem großen Perserteppich, auf einem Teppich, der bis in den kleinsten Knoten, die kleinste Nuance und Einkerbung in harter Arbeit von den Händen einer Frau eines anderen Jahrhunderts hergestellt worden war. Ein bildschöner, sündhaft teurer Teppich in Grau-, Rosa- und Mauvetönen, erstanden dank der unverhältnismäßig hohen Gewinne, die Helmut Vogel, der verstorbene Ehemann der Besitzerin, erzielt hatte. Letztere lag neben ihrem Geliebten und ließ sich – ein entsprechend großes Erkerfenster machte es möglich – genauestens über Anzahl und Klarheit der Sterne aus, die in dieser Nacht bedrohlicher funkelten, als das über dieser Stadt normalerweise der

Fall war. Meistens trübten Rauchschwaden, ver-
schmutzte Luft und irgendwelche atmosphäri-
schen Störungen ihren erhabenen Glanz und
weckten in dem einen oder anderen Passanten
Erinnerungen an jene Angst, Bewunderung und
Leidenschaft, die sie bei früheren Generationen
ausgelöst hatten. In dieser Nacht aber waren sie
ebenso schön wie zahlreich und ergreifend, und
François Rosset versuchte vergeblich, zwei Zeilen
eines Gedichts von Victor Hugo zusammenzukrie-
gen, das er in der Schule gelernt hatte; sein
Gedächtnis war zu der nötigen Anstrengung nicht
in der Lage:

Und Ruth fragte sich ...
Das reglose Auge halb öffnend ...
Welcher Gott und Schnitter ewiger Sommer
Achtlos, als er fortging,
Diese Sichel aus Gold ins Sternenfeld warf

Es gibt eine Stunde, einen Augenblick, da viele
Menschen der Verführung der Sterne nicht widerstehen können. Sie heben den Kopf und legen ihn
zurück, um sie zu betrachten, besonders im Au-
gust, wenn es ununterbrochen Sterne regnet, wenn
es warm ist, wenn die ganze Erde duftet. Kenner
nennen sie Meteoriten und wundern sich morgens
fast darüber, daß sie nicht Abdrücke ihrer Ein-
schläge oder abgesprungene Stücke auf ihren Wiesen finden. Diese Mischung aus Pseudo-Wissen-
schaft und blasser Poesie war François schon immer

ein geistiges Vergnügen gewesen, und es amüsierte ihn, daß die Frau neben ihm, diese Mouna, die so still und sanft war, sich nicht mehr über die wahnwitzigen Bahnen der Sterne über ihren Köpfen wunderte. Gerade halbierte wieder einer unbekümmert den Himmel zwischen dem Invalidendom und Montmartre, bevor er noch einmal hell aufleuchtete und verglühte. Auf einen Ellenbogen gestützt, wandte er sich Mouna zu. Im Schein der edlen Lampe, die in der Nähe stand und das Dunkel nur schwach erhellte, sah er ihr Profil, das etwas Unwirkliches hatte, das an Filme aus den vierziger Jahren erinnerte und für das er bisher vergeblich ein treffendes Wort gesucht hatte. Er dachte nie an ihr Alter, sondern eher an all das, was dieses Alter umfaßte, und er sah darin merkwürdigerweise mehr einen Vorteil als einen Mangel.

»Macht dir das alles keine Angst«, fragte er, »die Sterne, die emporsteigen und fallen, die aufgehen?«

»Aber es sind doch immer dieselben«, antwortete sie. »Einige sterben, verlöschen, ich weiß, aber die anderen sind seit eh und je da, sie gehören uns, oder doch beinahe.«

Er blinzelte und legte sich, ein wenig in sich hinein lachend, wieder zurück. Das war ein typisch weiblicher Reflex: Sie war beruhigt, weil ein Gegenstand, der ihr zu gehören schien, stets derselbe und unveränderlich zu sein schien. Und doch gab es so viele Ehen, die wegen dieser Ein-

169

stellung in die Brüche gingen, so viele Leben, die in einen Abgrund von Langeweile, Wahnsinn oder Chaos stürzten, eben aus diesem Grunde. Es gab Künstler, deren Werk sich der Unmöglichkeit, das immer Gleiche zu ertragen, verdankte: Schumann fiel ihm ein, und wer sonst noch? Nun, er mußte ja an diesem Abend keine Literaturvorlesung halten. Er senkte den Blick.

Sie trugen beide leichte Hosen und waren barfuß. Ein Glas stand in Reichweite, und durch das geöffnete Fenster bot sich ihren Augen das unendliche Schauspiel eines Firmaments, das zweifellos dem einer anderen Welt glich. An diesem Abend schien ihm in der Tat alles zulässig; alles, nur eines nicht: jenes berüchtigte Schrumpfen der Zeit, das bewirkt, daß man seine Vergangenheit fälschlich für Gegenwart oder seine Zukunft für etwas Vergessenes hält. Er hatte keine Lust, hatte noch nie Lust verspürt, über diese und andere seiner geistigen Verwirrungen mit einer Frau zu sprechen, und manchmal fragte er sich, ob das bei ihm nicht ein Zeichen typisch männlicher Dummheit war.

Er hielt sich an Mounas Schulter schadlos, sein Mund suchte ihren Hals und ihren Duft, diesen mysteriösen Duft an dieser so arglosen Frau. Es war nach Mitternacht. Zu dieser Stunde schlief Sybil wahrscheinlich seelenruhig in dem großen Kinderzimmer, in das er einmal sogar einen Blick hatte werfen dürfen. Und sie stellte sich wahrscheinlich vor, wie er quer über ihrem Bett in ihrer Wohnung am Boulevard du Montparnasse zwischen den beiden stillen Innenhöfen lag. Und trotzdem hatten diese beiden Vorstellungen in seinen Augen nichts von einer Täuschung. Sie waren einander nicht entgegengesetzt, sie waren nur voneinander getrennt.

»Was ist das für ein Pullover?« fragte er.

Mounas graublauer Pullover schien aus Vogelfedern, Pusteblumen, Katzenhaaren gemacht, aus einem so leichten Material jedenfalls, daß er es nicht kannte.

»Das ist ... Ich weiß nicht, woraus er ist«, antwortete sie.

»Der war sicher sehr teuer?«

»O ja!«

Dann wechselte er das Thema, die einzige Möglichkeit, mit ihr über Sybil zu sprechen, war, sich zu informieren, wie er ihr eine Freude machen konnte. »Ein Swann in Kleinformat«, sagte er über sich selbst.

Das helle Klirren der Karaffe, die an ein Glas stieß, unterbrach den endlosen, beklemmenden Dialog, das Gegeneinanderbranden von Piano und Violoncello, die sich Beethoven streitig machten. Mouna besaß zig Schallplatten, darunter viele Opern, denn sie wäre gern Opernsängerin geworden, viel klassische Musik, deren Plattenhüllen teilweise noch ungeöffnet waren, einige Chopin- und Straussplatten, die sie offensichtlich oft hörte, und alte Operetten, die sie ebenso gründlich zu

171

verstecken schien, wie er nach ihnen suchte. Außerdem gab es Walzer, Polkas, Ballmusik, brave und zugleich zweideutige Chansons, schwungvolle und schmachtende Musikstücke, die man immer auch in einem anderen Tempo spielen konnte.

Ein kühler Windzug strich plötzlich über den Teppich, und Mouna schmiegte sich fröstelnd an ihn. Er griff über ihren Rücken weg, langte nach dem fabelhaften Pullover und legte ihn ihr um die Schultern. Dabei wußte er, daß es vergebliche Liebesmüh war. Sie fror schon zu lange, und zu lange schon wärmte sie nur noch der Alkohol. Der Alkohol oder er vielleicht von Zeit zu Zeit. Sie lebte, sie existierte anderswo, selbst wenn sie ihn mehr liebte, als sie vorgehabt hatte.

Mouna ... arme Mouna, die ein schlechter Regisseur mit schwerer Hand in die Komödie des Lebens eingeführt hatte. Mouna, die lieben, trinken, singen wollte wie in den Werken von Strauss und die sich nun, wie konnte es anders sein, allein mit dem Alkohol wiederfand und die sich dennoch ohne ersichtlichen Grund in François verliebt hatte. Und er hatte so lange gebraucht, um das zu merken. Vielleicht weil sie sich nicht belogen, sich keine Komödie vorgespielt, sich nichts vorgemacht hatten. Sie hatten in der Tat Gefallen aneinander gefunden, ohne vorher je auch nur daran gedacht zu haben, weil sie ihn nie um etwas gebeten hatte, es sei denn darum, an diesem Stück mitzuarbeiten, das, genau wie er selbst, einer anderen gehörte.

Und trotzdem war er außerstande, ihr zu sagen oder selbst zu glauben, daß es aus war. Wie sollte man von etwas, was nie auf Dauer angelegt war, noch überhaupt je richtig begonnen hatte, sagen: »Es ist aus«? Vielleicht lag der große Luxus, der ganze Charme, die einzige Möglichkeit und zugleich das wahre Wesen ihrer Geschichte gerade darin, daß beide außerstande waren, auch nur ein einziges Mal von der Zukunft zu sprechen. Keiner hatte je gemeinsame Ferien, eine Reise, ein Projekt vorgeschlagen. Ihre einzige gänzlich ungewisse Zukunft bestand in einem Theaterstück, das ihnen nicht gehörte und ihnen auch nie gehören würde. Dennoch war dies die einzig konkrete Sache, über die sie miteinander sprachen. Wenn es um Politik ging, hörte sie ihm zu; ging es um Poesie, so bestätigte sie ihn und wollte absichtlich kein besseres Gedächtnis haben als er.

Man mußte sich wundern, daß sie vor lauter Langeweile nicht schon längst gestorben waren, aber seltsamerweise ergab sich aus der unmittelbaren Gegenwart und der Ungezwungenheit heraus eine halb familiäre, halb erotische Bindung zwischen ihnen, zu der auch die Gewohnheit, keine Gewohnheiten zu haben, beitrug, was ihr als einziger von allen Frauen, die er gekannt hatte, gelang. Und vielleicht hielt in erster Linie und vor allem der Alkohol, der alle Bindungen lockerte, die Distanz aufrecht, nach der ihre Herzen verlangten. Ach, es war einfach und bequem, Mouna auf eine weit verbreitete, kaum verhohlene und durchaus natürliche Neigung zu reduzieren: die Unterlassung jeglicher Forderungen, jeglicher Liebesschwüre und jeglicher Bitten. Dabei konnte es François passieren, daß er auf der Lauer lag, daß er eine ganze Stunde lang gespannt auf ein Zeichen des Leidens und des Verlangens auf diesem vom Leben geprägten, kindlichen Gesicht wartete; obwohl die Stunde immer verstrich, ohne daß sich seine Erwartung erfüllte.

Und dann ihre Aufmachung, ihre Eleganz und Gepflegtheit, auf die sie eingedenk seiner Blicke stets und peinlich genau achtete; er fühlte sich verantwortlich dafür, war darüber glücklich und zugleich voll des Respekts.

Er murmelte: »Fühlst du dich gut?«, erwartete aber keine Antwort und legte per Knopfdruck eine andere Platte auf, ohne darauf zu achten, was es diesmal war. Ging es um sein Vergnügen, ganz gleich welches, überstürzte er nichts. Es machte ihm allerdings Spaß, ein Musikstück schon an den ersten Noten zu erkennen, auf die folgenden zu warten und bisweilen drei langweilige Minuten zu ertragen, so gespannt war er auf den Moment, da seine Aufmerksamkeit und sein Vergnügen wieder einsetzen würden. Er war zu träge, er mochte – in der Kunst wie im Leben – jene Momente nicht, die als akzeptierte Gewißheiten hervorgehoben werden. Er war entweder zu träge oder, im Gegenteil, immer gleich Feuer und Flamme.

»Nein«, sagte die schlaftrunkene Stimme an seiner Schulter im Dunkel, während im Vordergrund das Erblühen und Erstrahlen von den Sternen, Lichtern und Leuchtreklamen der Großstadt am nächtlichen Himmel von Paris zu sehen war. »Nein, ich fühle mich nicht sehr gut. Ich habe zuviel getrunken ... und zu lange gelebt, und ich ...

»Du liebst mich nicht genug«, sagte er, denn er wollte nicht, daß sie sich demütigte, und er spürte, daß sie zum erstenmal nahe daran war, es zu tun.

»O doch!« sagte sie immer noch ein wenig atemlos. »Es hat schon in dem Gang angefangen, weißt du, wo du mit Sybil stehengeblieben warst. Du hattest dich über sie gebeugt, du warst so entschlossen und sie so schön, dir ganz hingegeben. Und so habe ich dich seither jeden Tag ein bißchen mehr geliebt, du weißt das ...«

Er aber hörte ihr nicht zu, hörte überhaupt nichts. Er war von einem merkwürdigen, in Windungen verlaufenden Muskelkrampf in der Höhe des Ohres befallen, der seinen Kopf nach links zu ziehen schien und sein Herz nach der anderen Seite. Und er vernahm eine innere Stimme, die sagte: »Sybil ... Mein Gott, was habe ich getan? Ich habe Sybil verloren. Ich habe sie verloren! Sybil liebte mich. Ich habe sie verloren. Was habe ich bloß getan?«

Als hätte er gewußt ...

14

Der erste Akt begann mit demselben Satz, den sie genau in Erinnerung hatte: *Was tust du zu dieser Stunde auf diesen leeren Feldern? Suchst du jemanden? Oder suchst du gerade niemanden?* Na bitte. Der restliche Text war anders und doch dicht daran, und man konnte darüber lachen oder weinen. Dieser Idiot, der schon im Morgengrauen auf seinen Ländereien herumlief, ohne zu wissen, was er dort suchte, war derselbe Held, den ihr Anton aus ihrer Geburtsstadt Prag hinterlassen hatte.

Unglücklicherweise war das Stück so, wie er es geschrieben hatte, ergreifend und komisch zugleich. Leider hatte er es nicht zu Ende gebracht, und sie sollte es, seinem Vermächtnis entsprechend, so übersetzen, daß eben diese Wirkung nicht verlorenging. Ein anderer, ein lachender Dritter, hatte es nun zu einem lustigen, effektvollen Stück gemacht, und dieser andere war ihr Liebster, Geliebter, Vertrauter, getreuer Freund, Bruder und Beschützer, ihr Dämon und ihre Leitfigur, ihre Lust und ihre Sorge. Und nun hatte sich dieser andere für sie in das Gegenteil dessen, was sie von ihm geglaubt und sich erträumt hatte, verwandelt.

Tränen paßten nicht sehr gut zu Sybil Delrey. Dennoch las sie, ans Fenster gelehnt, in dem übersetzten Text, der ihr vermacht worden war, weiter, las ihn immer wieder aufs neue und weinte. Langsam blätterte sie die Seiten um, und von Zeit zu Zeit verschwammen einige Wörter unter ihren Tränen. Schlimmer noch, die Tränen fielen auf Anmerkungen, die ganz offensichtlich von einer weiblichen Hand mit Rot in die Übersetzung geschrieben worden waren, einer weiblichen Hand, von der Sybil aus dem Gedächtnis heraus eine Zeichnung hätte machen können und die zweifellos Mounas Hand war. Bei ihr also hatte er in letzter Zeit seine mysteriösen Nachmittage verbracht, hatte sich in ihr Bett oder in ihre Textseiten vergraben, was auf dasselbe hinauslief – bei einem Literaturliebhaber sind die Textseiten sogar noch schlimmer. Mouna Vogel – so hieß ja wohl diese Frau, deren Alter... Doch es wäre vulgär gewesen, als erstes daran zu erinnern. Übrigens ging es keineswegs um Mouna Vogels Machenschaften, sondern um die von François. François, mit dem Sybil, so kam es ihr vor, zusammenlebte, seit sie die Männer oder das Leben oder die Métro oder die Natur oder Paris oder die Literatur liebte.

Sybil hatte das Gefühl, daß das Leben in gewisser Weise aufhörte, einer Weise, die sie für immer alt machte und sie als arme Kirchenmaus oder Psychopathin zurückließ, auf jeden Fall als eine jener Unglücklichen, deren sie in Paris so viele kannte, eine dieser verqueren Frauen, eine Nancy

ohne Anstand, eine Frau ohne Liebe, eine Karrie-
refrau vielleicht oder eine Intrigantin oder eine
Frau, die auf Erfolg versessen war. Das war sie nie
gewesen, und sie hatte sich auch nie dafür gehalten dank François und der verlockenden Gefahr,
die er immerfort über ihrem Kopfe heraufbeschwor. Oh, es ging nicht mehr darum, François
zurückzugewinnen, selbst wenn François etwas an
sich hatte, was sie immer hätte zurückholen können. Doch sie hatte den anderen geliebt. Und der
hatte kein Double.

Nein, es würde keine doppelte Abendvorstel-
lung geben, nicht eine komische und eine tragische Version des Stückes, das ein unbekannter junger Tscheche geschrieben hatte. Es würde auch keine
teils bewundernden, teils satirischen Kritiken
geben angesichts zweier gegensätzlicher Versionen
ein und desselben Stückes. Sie würde das Stück
einem Freund nach Ungarn schicken, der dort damit machen konnte, was er wollte, bestimmt aber
keine Posse. Sie selbst würde es nicht mehr an-
rühren. Sybil stand an der Fensterbank und begann
wieder zu weinen und sich in die Finger zu beißen,
wie eine Fünfzehnjährige.

Dreimal rief er im Landhaus an und entnahm Sybils
Antwort, daß sie seine Bearbeitung gelesen hatte.
Jählings wurde ihm klar, wo die verdammten
Korrekturen samt Aktendeckel geblieben waren. Er
sah sich, wie er die Blätter unter dem Sitz fest-
klemmte und sich eingedenk seiner eigenen Zer-

streutheit schwor, am nächsten Morgen daran zu
denken, denn er war mit Zeitschriften beladen
und Kleidungsstücken, die er auf Sybils Bitte von
der Reinigung abgeholt hatte, dazu noch mit einigen Gegenständen aus der Garage. Er hatte doch
so viel zu schleppen gehabt, erinnerte er sich fas-
sungslos und voller Selbstmitleid. Er war doch
schließlich nur ein armseliger Zweibeiner!

Dabei hatte der begeisterte Berthomieux ihm
gerade vorgeschlagen, im Laufe der Woche ein
Abendessen mit Sybil zu arrangieren, dem er voller Zuversicht entgegengesehen hatte; dabei hatte
er sich schon auf einer jener Abendveranstal-
tungen »gesehen«, wie sie in diesen schwachsinni-
gen, vor Optimismus nur so strotzenden Fernseh-
serien vorkommen; dabei hatte er sich doch vorgestellt, wie er Sybil lächelnd das neue Manuskript,
an dem es endlich nichts mehr auszusetzen gab,
entgegenstreckte und sie bat: »Möchtest du dir
nicht die paar Änderungen, die ich vorgenommen
habe, anschauen und mir sagen, was du davon
hältst? Denn weil ich das hier gemacht habe, an-
statt in meinem Verlag zu arbeiten, haben wir das
Auto kaufen und einige Schulden zurückzahlen
können – alles dank der mysteriösen Arbeiten, die
ich bei der Kodirektorin des Theaters erledigt
habe, manchmal sogar in ihrem Bett.« Ach was
für ein Dummkopf, was für ein selbstgefälliger
Dummkopf er doch sein konnte!

Er erinnerte sich, für Mouna winzige, horrend
teure Geschenke gekauft zu haben, aus Verlegen-

179

heit, weil ihn Gewissensbisse plagten, er so etwas
wie Ehrgefühl besaß. Nein, das wenigstens wußte
Sybil nicht! Was mit Mouna war, konnte sie nicht
wissen. Er holte Luft, er versuchte sich zu sagen
»ich kann aufatmen«, doch das half ihm wenig. Es
war der Lügner in ihm, der Simulant, der unzu-
verlässige Gefährte, der Manipulant und Komplize
unbekannter Leute, den Sybil bereits in ihm ver-
achtete. Und selbst wenn es anfänglich darum
gegangen war, daß er ihr einen Fiat kaufen konnte, den sie so gern haben wollte, änderte das nichts
daran.

Mit einer Verspätung von vier Tagen kam sie
zurück, ohne sich vorher angekündigt zu haben.
Er fand sie zu Hause vor, im Haus am Boulevard
du Montparnasse, das unbegreiflicherweise schon
nach so kurzer Zeit einen verlassenen Eindruck
machte. François hielt es dort mit sich allein nicht
aus. Er kam zur gewohnten Zeit, zwischen sieb-
zehn und neunzehn Uhr, legte sich aufs Bett und
wartete so lange, bis er ihre Rückkehr für ausge-
schlossen hielt. Gegen Mitternacht fuhr er dann
wieder zu Mouna. Er war im Umgang mit ihr stets
sehr zärtlich gewesen und war es geblieben, ein
wenig apathisch, allerdings nicht, wenn er all-
abendlich mit ihr schlief und ihr von Zeit zu Zeit
»Pst, pst ...« zuflüsterte, als hätte sie etwas gesagt
oder es gerade tun wollen. Doch sie sagte nichts.
Sie kam gegen sechs Uhr abends nach Hause, wartete ebenfalls auf ihn, regungslos vor dem Fern-

seher in Gesellschaft unterschiedlicher Karaffen und ihres Butlers Kurt, der sich in der Küche aufhielt. Wirklich betrunken bei seiner Ankunft war sie nur einmal, hatte sich aber in ihr Schlafzimmer geflüchtet, und er mußte allein im Taubenzimmer schlafen, quer über dem Bett.

Es kam ihm vor, als ob ungeheuer viel passierte, als würden unentwegt Entscheidungen getroffen, mit denen aber weder er noch Mouna und nicht einmal seine schöne Sybil dort auf dem Lande etwas zu tun hatte. Paris war sonnig oder verregnet, ganz wie es dem Herbst beliebte.

Als er sie am vierten Tag zu Hause antraf, sah er zuerst den Fiat und stutzte, so als hätte das Auto verschwunden sein müssen. Ausgerechnet dieses eine Mal war er mit Mouna zum Abendessen außer Hause verabredet, und es schien ihm zunächst, als sei er in eine Falle geraten. Schließlich ging er ins Haus, und als er Sybil dort stehen und ihre Sachen einpacken sah, wurde ihm sofort bewußt, daß er nur sie je wirklich geliebt hatte, eine Gewißheit, die nicht neu, aber um so unerschütterlicher war. Gleichzeitig erschienen ihm seine Alpträume, seine Visionen von einem Leben ohne sie während dieser letzten vier Tage wie ein Delirium, wie ein trügerisches Unglück. Er sah sie so deutlich, kannte sie so gut: den Ausdruck ihrer Augen, die kleine Vertiefung an der Schläfe, den schlanken und biegsamen Körper, die warmen und frischen Lippen, den kräftigen Hals, alles, was ihm gehörte, was er, wie ihm schien, fast sein ganzes Leben lang, oder doch jedenfalls fürs ganze Leben erobert, verteidigt, gehütet und beschützt hatte.

Er ging einen Schritt auf sie zu, doch sie rührte sich nicht. Sie ist schön, wirklich schön, dachte er, und sie gehört mir. Zugleich bekam der Gedanke, daß ihre Vergangenheit, das gemeinsame Leben, ihre zärtliche und heftige Liebe durch irgendein Ereignis oder einen Menschen zerstört oder entwürdigt werden könnte, etwas so Grausames, so Unwahrscheinliches, daß er sich einen Augenblick lang beruhigte. Er lächelte sie blöde an, streckte die Hand aus und ließ sie wieder fallen.

Sie war so sehr daran gewöhnt, ihm nichts übelzunehmen, alles zu seinen Gunsten zu wenden, alles für ihn zu regeln, daß es ihr wie vielen anderen Frauen erging: Sie sah in ihrem Kummer eine Art ausgleichender Gerechtigkeit, mit allen Gesetzen und Grausamkeiten, die mit der Gerechtigkeit verbunden waren. Plötzlich machte sie sich ein Vergnügen daraus, ihn zu verachten, zu hassen, die Trennung, die sie als unvermeidlich ansah, erträglich und folgerichtig zu finden. Er sah sich als Betrüger, und sie fand ihn feige. Es ist gefährlich, sich über die Beschwerdegründe des anderen zu täuschen. Sybil hatte Mouna vergessen, sie dachte nur an Anton und an das Stück, an die Theaterleute, die mit François im Hinterhalt lagen, um sie zu täuschen und den Text eines Toten zu verfälschen. Sie machte daraus ein Drama, denn sie erlebte eines, das aber in Wirklichkeit Kummer und Enttäuschung hieß. Sie hatte mit dieser Be-

182

trugsgeschichte, dieser Posse nichts zu tun, die sie beide, mit Sicherheit aber ihn erniedrigte, vielleicht aufgrund von Mounas Alter, wenngleich sie nicht daran dachte. Für ihn hingegen war Mouna das Corpus delicti, dem sein Begehren und seine Lügen galten, das kurzfristig eine Gefahr darstellt, wie es bei jeder Rivalin der Fall sein kann.

Doch für Sybil, die von einer fast zwanzig Jahre älteren Frau nichts zu fürchten hatte, war das eindeutig ein weiterer Trick, mit dem François versuchte, sich der Unterstützung dieser bedauernswerten Person zu versichern, deren Faszination als Frau keine andere Frau verstehen konnte. Sie bedauerte sie fast, jedenfalls weit mehr, als sie sie fürchtete. Und als François zu ihr sagte: »Aber du weißt doch, ich liebe nur dich, habe immer nur dich geliebt«, erschienen ihr dieses eine Mal Sexualität und Treue viel weniger wichtig als ihm. Sie sah ihn gereizt und verachtungsvoll an. Natürlich liebte er nur sie! Sie, Sybil, aber auch das Geld und die Macht und den Erfolg und all die faulen Kompromisse, die in einem bestimmten Milieu, das sie immer gemieden hatten, damit einhergingen. Ein Mißverständnis führte ihre Trennung herbei, genauso wie ein Mißverständnis vor Jahresfrist ihr Auseinanderleben eingeleitet hatte.

Sie packte ihre Koffer. Er hatte gerade noch Zeit, eine Schublade zu öffnen, ihr den Vertrag zu zeigen, mit dem er ihr das Haus überschrieben hatte, und ihr mit stockender Stimme zu sagen:

»Du bist hier zu Hause.« Unter normalen Umständen hätte sie gezögert, jetzt aber dachte sie nur, daß er schon wissen werde, wohin er sich wenden könnte. »Sybil«, sagte er, und sie sah ihn an, während er ging, Tränen in den Augen. Aber die sich da ansahen, waren nicht mehr dieselben. Er stolperte hinaus.

Ein wenig später rief er Mouna an und sagte ihr, daß er sich nicht wohl fühle, am nächsten Tag aber vorbeischauen würde. In einem schäbigen Hotel unweit der Champs-Elysées verbrachte er eine schreckliche Nacht. Unentwegt ging ihm ihre Geschichte, diese Geschichte, die keine war, im Kopf herum, ohne daß er daraus irgend etwas hätte entnehmen können, was für oder gegen ihn, für oder gegen Mouna, für oder gegen Sybil sprach.

Zur verabredeten Stunde war er bei Mouna. Dort fand er eine Nachricht von ihr vor, die besagte, daß sie im Augenblick außerstande sei, ihm zu helfen, daß sie Erholung nötig habe und zur Thermalkur nach Deutschland führe in eine Gegend, die er nicht kenne, und daß sie sich wiedersehen könnten, wenn er das wollte. Sie sei um den 20. März herum zurück. Jetzt war der erste. Er hatte Zeit genug, sie zu vergessen oder auf sie zu warten, so wie er auch Zeit genug hatte, Sybil zu vergessen oder auf sie zu warten. Jedenfalls aber Zeit genug zu leiden.